远去的星光

主编 姚海军 刘慈欣

海峡出版发行集团 THE STRAITS PUBLISHING & DISTRIBUTING GROUP | 福建少年儿童出版社 FUJIAN CHILDREN'S PUBLISHING HOUSE

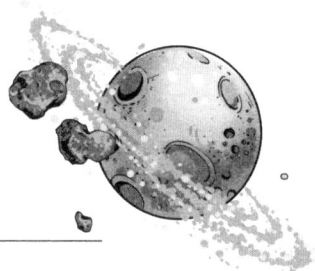

图书在版编目（CIP）数据

远去的星光 / 姚海军，刘慈欣主编 . — 福州：福建少
年儿童出版社，2024.5

（中国科幻经典大系）

ISBN 978-7-5395-7700-5

Ⅰ．①远… Ⅱ．①姚… ②刘… Ⅲ．①幻想小说—小
说集—中国—当代 Ⅳ．① I247.7

中国版本图书馆 CIP 数据核字（2021）第 210425 号

"中国科幻经典大系"入选"福建省优秀出版项目"

中国科幻经典大系
YUANQU DE XINGGUANG

远去的星光

主编：姚海军　刘慈欣
出版发行：福建少年儿童出版社
社址：福州市东水路 76 号 17 层（邮编：350001）
经销：福建新华发行（集团）有限责任公司
印刷：福州印团网印刷有限公司
地址：福州市仓山区建新镇十字亭路 4 号
开本：700 毫米 × 1000 毫米　1/16
字数：193 千字
印张：14.5
版次：2024 年 5 月第 1 版
印次：2024 年 5 月第 1 次印刷
ISBN 978-7-5395-7700-5
定价：38.00 元

如有印、装质量问题，影响阅读，请直接与承印者联系调换。
联系电话：0591-87881810

前　言

　　在时光列车即将驶入 21 世纪之际，我国著名科幻作家叶永烈先生在福建少年儿童出版社的支持下，主编了洋洋大观的六卷本"中国科幻小说世纪回眸丛书"，用精心遴选的 300 万字作品，勾勒出 20 世纪科幻文学发展的基本样貌。叶永烈先生不仅是一位影响深远、对科幻文学有着独到观察的科幻小说家，他在科幻史料的发掘和研究方面，也做了许多开创性工作。因此，"中国科幻小说世纪回眸丛书"在今天仍然是回望 20 世纪科幻文学的上佳读本。

　　叶永烈先生对科幻文学的未来抱有很高的期望，他在该丛书序言中甚至提议："以后在每个世纪末，都出版一套'中国科幻小说世纪回眸丛书'。"但令人痛心的是，2020 年，叶永烈先生过早地离开了我们。出版界的朋友始终铭记他生前的愿望，曾在福建少年儿童出版社工作多年、曾任福建人民出版社社长的房向东先生和福建少年儿童出版社现任社长陈远先生多次相约，希望我能与刘慈欣一起续编"中国科幻小说世纪回眸丛书"。

　　21 世纪不是才刚刚开始吗？当我抛出这样的疑问时，两位出版人不约而同给出了一个相同的理由：虽然 21 世纪只过去了 20 年，但这 20 年是中国科幻迄今为止最为光彩夺目的 20 年，我们有理由提前实施叶永烈先生的计划。

　　我深以为然。

　　自进入 21 世纪，我国科幻便进入了高速发展的快车道——

　　以吴岩、韩松、柳文扬、何夕、星河、潘海天、凌晨、杨平、赵海虹等为代表的新生代作家，进一步壮大了他们在 20 世纪最后 10 年悄然发起的新科幻运动，为科幻文学带来青春的律动和类型的大幅拓展。

　　1993 年偶然闯入科幻世界的王晋康，迅速在世纪之交成为中国科幻重要期刊《科幻世界》的台柱子作家，他的一系列短篇《生命之歌》《七重外壳》《终极爆炸》，以及后来的长篇《十字》《与吾同在》《蚁生》《逃出母宇宙》，为 21 世纪的中国科幻增加了文化上的厚重和哲学层面的思辨。

　　1999 年，中国科幻界另一位明星作家刘慈欣闪亮登场，并在其后的 10

年里密集发表了《流浪地球》《乡村教师》《中国太阳》等一系列高水准的中短篇佳作。2006年，刘慈欣的《三体》开始在《科幻世界》连载，一时洛阳纸贵。紧接着，2008年和2010年刘慈欣又相继出版了《三体2·黑暗森林》和《三体3·死神永生》，将《三体》三部曲发展成一个无与伦比的恢宏宇宙。2015年8月23日，刘慈欣的《三体》（英文版）获第73届世界科幻大会颁发的雨果奖最佳长篇小说奖，这是亚洲作家首次获得雨果奖，为中国科幻以及中国科幻与世界科幻的对话交流开创了全新局面。

《三体》引发了前所未有的科幻热潮，这一热潮甚至波及海外。《三体》在北美、欧洲以及日本都创造了中国科幻小说的销售纪录，并赢得了良好的口碑。《三体》在今天仍然备受关注，因此，最近10年也被很多评论家称为"后三体时代"。

"后三体时代"几乎无处不闪耀着《三体》的辉光，但就在这辉光中，新星的力量在悄然执着地生长。郝景芳、陈楸帆、江波、宝树、张冉、七月、拉拉、迟卉、长铗、谢云宁、夏笳、程婧波、顾适、阿缺、杨晚晴、梁清散、钛艺、廖舒波……新一代的科幻作家（亦称更新代作家）以更为敏锐的眼光审视并界定科幻的意义，试图在文化传统和国际潮流、现实和未来、科技和伦理的交织中找到立足的锚点。更让人惊喜的是，当下科幻舞台的中心，不仅有新生代、更新代，王诺诺、索何夫、陈梓钧、昼温、念语等90后作家也已经崭露头角。美国著名科幻作家大卫·布林预言，世界科幻的未来在中国。我想，有才华的年轻人不断涌现，应该是这预言最坚实的支撑吧。

科幻的繁荣，意味着我们无法仅以《三体》为轴心对这20年进行评说。中国科幻之所以丰富多彩，根本原因在于它的包容性。21世纪以来，以"何慈康"（指何夕、刘慈欣、王晋康）为代表的"核心科幻"取得了令人瞩目的成就，拥趸众多；韩松式"边缘科幻"也一直特立独行，绽放异彩。可以说正是由于有韩松式作家的存在，中国科幻才成为一个完美的大宇宙。韩松被认为是被严重低估的科幻作家，他的小说既有对当下至为深刻的洞察，也有对未来最为大胆的寓言式狂想，对飞氘、糖匪、陈楸帆等更新代科幻作家产生了深刻影响。

科幻的繁荣，还意味着针对不同年龄层读者创作分工的完成。在原本被认为属于儿童文学的科幻小说日益成人化的同时，在科幻的内部，少儿科幻分支开始重新被认识，并迅速发展。一方面，专门为儿童写作的科幻作家异军突起，包括杨鹏、赵华、马传思、王林柏、陆杨、彭柳蓉、超侠等，其中赵华、马传思、王林柏凭借自己的科幻创作获得了全国优秀儿童文学奖；另一方面，成人科幻作家进入少儿科幻领域也渐成趋势，王晋康、刘慈欣、吴岩、星河、江波、宝树等均创作了少儿科幻作品，吴岩的《中国轨道》也获得了全国优秀儿童文学奖。

这套"中国科幻经典大系"虽然未直接沿袭叶永烈先生"中国科幻小说世纪回眸丛书"的书名，但基本遵照了后者的编辑体例，将21世纪第一个20年科幻小说的主要创作成果分为12册呈献给广大读者，其中很多作品都获得了中国科幻银河奖、华语科幻星云奖等重要奖项，亦有不少作品被译成英、日、法、意等语言在国外发表。其中，《北京折叠》甚至获得了世界科幻大奖雨果奖，作者郝景芳也因此成为第二位捧得雨果奖奖杯的中国科幻作家。

佳作纷呈，但篇幅有限。因此，关于本丛书的选编，有几点需要说明：

一、因便利性等原因，本丛书未包含中国港澳台地区的科幻作品，将来有机会另补一编。

二、21世纪第一个20年科幻创作繁盛，为尽量多收录中短篇佳作，本丛书未收录长中篇及长篇作品。

三、同样因为篇幅有限，无法收录很多作家的全部代表作，我们只能优中选优。

四、个别作品因为版权原因，故未收录。

五、本丛书的编选由我和慈欣共同完成。我初选后，交由慈欣审定。慈欣阅读量惊人，很高兴和他一起完成这项有意义的工作。

六、感谢所有入选作者对主编工作的支持，感谢福建少年儿童出版社对本丛书选编工作的大力支持。福建少年儿童出版社是一家有科幻出版传统的出版社，20世纪90年代推出的"世界科幻小说精品丛书"、六卷本的"科幻之路"和六卷本的"中国科幻小说世纪回眸丛书"均影响深远。希望福建少年儿童出版社每隔20年，都能出一套"中国科幻经典大系"，直到22世纪，汇编成蔚为大观的第二套"中国科幻小说世纪回眸丛书"。

目　录

远去的星光

焦策

吉普车在戈壁上向西南方向滑行，远处的阿尔金山余脉若隐若现。在阿克塞哈萨克族自治县附近，芨芨草、骆驼刺繁茂起来，感觉戈壁滩绿了许多，草窠也不似先前稀疏。

　　公路两旁柳树成荫，不远处还有一座柳园，与华北平原的垂柳不同，在柳园里看到的都是些高大的红柳，这是真正的柳树。公路左前方有几只羊沿着一条旱河走，旱河两侧的碎石泛白，像两条柔顺的哈达铺在河两岸，岸边时不时就有巨石突兀出现。据说这里是哈萨克人的牧场，但我感觉远没有想象中那样清新、碧绿，草场有严重的沙化和人为破坏的迹象。

　　再往前走，就是连接阿尔金山与祁连山的当金山口，翻过山口就离冷湖不远了。车中的定位仪显示海拔三千零一十六米，外面气温很低，我拽出了预先准备好的拉绒外套。

　　开始爬坡了，窗外的阳光被高山阻挡，一会儿让大山披着金黄色的斑斓，一会儿又左腾右挪，钻进曙光初现的朦胧谷底。旁边一辆接着一辆的军车轰鸣驰过，"冷湖大军"的机械化部队就这样浩浩荡荡地沿着崎岖山路，穿越着当金山。

　　"翻过垭口就真正进入青海大地了。"作为临时向导的老匡喃喃地说，"跟甘肃道别吧。"

　　也不知是因为他严肃的声音，还是我的高原反应，我只觉得耳膜有微微的压迫感，脑袋也闷闷的。

　　"我倒是有点儿想来碗牛肉面。"我微闭双眼，回答道。远处的路牌上标着"苏干湖,三千米"。

我在昏沉的脑海中逐一拾起思绪的片段,此次去冷湖是为了完成一项重大任务。国家对"人体远距离传真"技术已研究了八年,封闭试验也已进行三年多。在这八年里,世界各地纷纷建起了实验基地,以美国为首的西方,在荒凉的阿塔卡玛沙漠上,建起欧南空间传真实验室,那巨型的信号接收天线能够覆盖南天球的空域。

"不能让西方独霸天空。"这句口号在我们这些工程师的心中燃烧着,那力量就像是沉睡在古老岩层下等待喷涌而出的石油的力量。

两万人的大军,一百天的筹备,我们带足了设备和干粮,浩浩荡荡地走出了嘉峪关。

关外的山里冷风飕飕,有些山头还顶着白雪。我想着进山前掩在骆驼刺和野草间的碎石块,看着进山后破碎的岩体,听着寒风在山涧呼号,不由得对这支正在翻越当金山的队伍肃然起敬,那份为了增强国力的无畏与豪迈,被他们一步一步地印刻在崎岖的山道中。

二十多公里的山路很短,我还没有将两旁的大山看够就出山了。路边出现了一片很奇特的山丘。这些山丘上部是黑色的岩石,底部和山谷则是灰白色的沙状沉积物,远远看去,就像是一幅水墨画。

过了这些奇山,又开了几十公里,前面涌现出一大片平房废墟,我知道,废弃的冷湖老基地到了。此时已是中午,我们在冷湖汽车站旁边的一家拉面馆每人吃了一碗牛肉拉面,就开始往东行驶,前往柴达木北缘的冷湖新基地,也是这次行程的终点站。

在冷湖镇边的荒漠中,我看到了几台分散的采油机,老匡管这个叫"叩头机"。它们孤零零地矗立在荒漠上,就像是来迎接我们。

我和老匡的原计划,是要去一下冷湖的雅丹林的。那里有地球上最大的雅丹地区,总面积达两万一千平方公里。可是由于这次时间比较紧,而雅丹林的面积又大,我们不敢单车前往,因为一旦在里面迷失方向,就会给整个计划增加许多不必要的麻烦。所以，我们吃完饭重新上车以后，就径直往冷湖新基地驶去。

就在这段路上，路障和安全检查站逐渐多了起来。一个个都是由武警把守，格外地严格。看来为了能够保障此次试验的安全，当地政府和驻军都下了不少力气。

刚过检查站，就看到前方的地平线上竖着一座高大的塔形天线，这是专门用于人体传真信号发射的天线。与西方的矩阵式天线不同，塔形天线更有利于信号的集中传输，是我国自主研发的最新式设备。

吉普车停在一排平房前，平房是刚刚建成的，供我们日常生活使用。一路的颠簸让我有些疲惫，可是这会儿顾不上休整，我们俩赶紧七手八脚地从车里往下搬东西。

我正鼓着劲儿收拾的时候，忽然间，老匡身上的对讲机响了起来。他连忙放下手中的活儿，把对讲机拿在手里，打开了开关。我离得远听得不太清楚，就见老匡听完对话内容后直皱眉。

"怎么了？"我问。

老匡揣好对讲机，严肃地说："指挥部刚才下发通知了，说首次试验时间定在三天以后。"

"三天？！这么急？"我惊诧地问道。

"嗯，部里已经调试好大部分发射设备，就剩咱们接收单元的检测了。"

"我不懂，为什么不能等几天，调试好之后再开始啊？"

"他们已经等好几天了吧。"老匡背起一个大包裹，一边往屋里走一边说。

"这不是都才刚到吗？"

"你来之前他们就已经来了。"老匡说，"那天线建着的时候，就开始调试了。营房、基站这些设施盖起来很快，主要是核心部分还得需要你们，所以就留到最后。现在前后场加起来一共六千多人，没日没夜地干，那情景一点不亚于二十世纪六十年代的石油大会战。"

老匡说着，递过来一个无线电对讲机。

"拿好了，咱们这边无线电管控，只有两个频段，一个上行，一个下行。没事儿别乱用，下行有固定频段，上行不固定，每天会公布两次频段，你注意着点，别漏了啥事。"他说完便要往外走。

"你去哪儿？咱们不是一个组吗？"

老匡回过头看着我笑了笑，说："是一个组，不过我住镇上那边儿，这儿房子太新，我睡不惯，还是回我那老房子睡吧。"

我点了点头没有再说话。虽然老匡是跟我一起负责调试接收单元，但是他跟我不一样，从试验初期阶段我就在了，而老匡是"冷湖计划"开始后才加进来的。听领导的意思，他也只是提供一下冷湖周边的试验环境数据和部分边缘工作。这些对于老匡这个"当地人"而言并不难，都属于分内之事。

我忽然想起来之前我的老师魏玲教授跟我说的话。她说："科学事业就是一种牺牲、一种奉献，你钻得越深，成果就越明显，然而牺牲也越大，所以并不是所有人都能成为科学家。"

就我而言，我能接受这种牺牲，但是我不能把它强加给别人。我花了好长时间才想通这个道理，就好像我有充分的理由来解释奉献，而其他人也有顺理成章的借口来逃避一样。

我展开四肢仰躺在硬邦邦的木板床上，低气压使我的脑袋昏沉沉的，我扯过被子，就在这冰冷的屋子里睡了过去。

第二天，在冷湖新基地的大广场上，召开了关于"中央号召开展高密度传真发射任务"的誓师大会。这是整个冷湖基地的航天人聚得最齐的一次会议，全体冷湖航天人为确保后续传真发射任务成功，大声地叫响了"牢记嘱托拼到底，誓夺任务满堂红"的口号。

声音伴随着高亢的情绪一起迸发出来，在安静的山谷中久久回荡着，就连高空中的雄鹰都仿佛畏惧了这呐喊声而迅速飞散开。

其实，作为空间探测技术，人体远距离传真走得并没有想象中那么远。它仍然依赖现有的常规航天技术作为基础支撑。整个过程大致分为三步：第一步，常规发射；第二步，建立基站；第三步，空间传真。

在这里面，常规发射和建立基站是最烦琐的，也是耗资巨大的活动。一旦建立起传真基站，后续的发射任务就简单多了。

美欧等西方大国曾尝试过使用一次性小型空间探测器来搭载传真基站，但最终失败了，因为那实在太简陋，根本支持不了大规模的发射任务。

然而俄国人却反其道而行之，他们直接在近地轨道建造超大型空间站，然后采取一步接一步的方式，一边进行着空间传真，一边向着目标飞行。那阵式活像是在宇宙中展开冲锋的装甲部队集群。

不过后来他们也失败了，原因很简单，就是补给跟不上，那么大的空间站在宇宙中不停地前进，所耗费的能源是一个外空间传真基站的两三个数量级。

"我们可以走他们的老路，但是不能犯他们的错误。"这是中央首长对于中国人体远距离传真任务的最高指示。

然而，我们实在想不出还有什么更加便捷的措施来改变这个三步走的循环。而且我们最远的传真实验距离也仅仅是到达火星。大宇宙航行的时代离我们还很遥远，我们新时代航天人的命运，在茫茫宇宙的面前就如同那传真信号一般脆弱，所面临的困境也不止航天那么简单。

大会虽然热烈但很快便结束了，毕竟时间紧迫，保障发射成功才是首要任务。我拿着各种仪器刚要去往工作地点，迎面正好碰到老匡走了过来。刚才开会的时候没看见他，不知道这会儿他从哪里来。

"你开会没有？"我问他。

"先别说这个。"老匡并没有正面回答我，"你看今早的新闻了吗？美国那边出事了。"

"出啥事？"

老匡麻利地接过我手中的仪器，继续说："是欧南实验室那边儿，你猜怎么的？"

我狐疑地看着老匡神神秘秘的样子，不知道他又得到了什么大新闻。

"我又没看新闻，你快说。"我催促道。

"欧南实验室昨晚爆掉了，炸成一朵花！"他手比成了一朵蘑菇云的形状。

"怎么会爆掉？人为的吗？"

"不知道，都没说。现在不清楚是人为原因还是技术故障。总之他们那边的传真基站算是废了。我来这儿的路上听广播里说，不光是欧南实验室的地面基站，就连月球基站也受到波及，有天文爱好者用望远镜亲眼看到月球的传真接收天线发出奇异闪光。"

我心里一阵惊恐，在宇宙中的传真基站都是暴露在太空环境中的，如果发生闪光之类的现象，那肯定就是比较严重的事故了，最大的可能就是融毁。而一旦发生基站或天线融毁事故，传真信号基本没得救。

"人有没有事？"我快步跟上老匡。

"啥人？地面的人啊？"

"哎，我是说人体传真信号。当时基站在运作吗？"

"那哪知道。"老匡撇了撇嘴，连看都不看我一眼。

我们一边交谈，一边往工作间走。早上冷湖的气温还是比较低，这里的海拔将近三千米，气候寒冷而干燥，昼夜温差能达到十几摄氏度。就是这片干涸得如同火星表面的不毛之地，却曾经蕴藏着非常丰富的石油资源。虽然现在石油抽干了，冷湖的老基地荒了，但是冷湖航天梦的开始与延续，又给这片高原带来了新的希望。

我们刚来到工区的大门口，就见一名战士急匆匆跑了过来。

"你是沈峰博士吧？"武警战士的声音很洪亮。

"啊，我是，有事吗？"我稍稍一愣，回答道。

"沈峰博士，首长请你过去参加会议，在总指挥部二楼会议室。"

"首长？哪个首长？"我有些搞不明白，在这里我除了几个比较熟悉的同事，还从未接触过部队上的人，更何况什么首长。

武警战士眼神坚定而急切，大声地说："冷湖空间传真工程发射场系统总指挥，姜剑云大校。"

"姜剑云？"我咀嚼着这个名字，之前略有耳闻，但是由于跟我的日常工作没什么关系，所以也就没怎么留心。我还想跟他再打听一下这个首长，可是武警战士催促我立刻过去。我是一个搞技术的，平时最头疼和领导打交道，更何况还是整个冷湖基地的总指挥。也不知道这是出了什么事，我才来冷湖第二天，就要去见领导，心里一时间翻腾起来。

还是老匡见得比较多，他刚才没等战士说完，就赶紧从随身的包里抽出一沓资料塞给我，然后知趣儿地走开了。而我则硬着头皮跟武警战士去见首长。

我们一路小跑来到指挥部，这里的会议室不大，可此时里面已经坐满了人。会议正在进行中，主持会议的是一个四十多岁的军人，身着棕绿色的军官制服，松枝绿色肩章底版上，缀有两条金色细杠和四枚星徽。

我找了个位置悄悄坐下，想静静地听一会儿，可是这时讲话的那名军官停了下来。

"跟大家介绍一下，这位刚到的同志是中科院空间传真实验室的沈峰博士。你好，沈博士！"他冲我微笑着点点头，我连忙站起身同大伙儿打招呼，此时的心脏咚咚咚地激烈跳动。

"好，我继续说。"军官介绍完我，又继续他的讲话。

"刚才说到咱们这个基地是由许多单位共同组建的，大家互相之间有的熟悉，有的不熟悉。但是有一点，我们的目标是一致的，我们的工作是一致的，我们全体指战员也要像兄弟姐妹一样紧密团结在一起。懒怠工作这种不良现象决不允许在我们内部存在。这是我们冷湖基地第一次指挥会议，我希望在座的各位都能够牢记这一点。

"接下来，跟大家通报一个消息。北京时间昨天傍晚六时四十二分，美国位于欧南天文台的空间传真实验室发生特大事故，两座主发射天线融毁，由此而释放出来的高能传真信号，先后使月球、火星、木卫一的美、欧、日传真基站彻底瘫痪。中国的海卫一空间站，咱们的'那曲号'，曾尝试拦截高能信号，但结果不容乐观。官方预计将造成八千多人失联，生死不明。"

他说着坐了下来，两只手交叉抱在胸口。屋子里静得就连掉根针都能听见，大伙神态各异地望着椅子上的军官，谁都没有说话。

"据内部消息，事故是因为一名地面接线站的工作人员的疏忽引发的。"

大家依然沉默着，这种感觉就好像是正在大踏步前进的部队，忽然停止了步伐，在等待下一个指令的到来。

军官往前欠了欠身，双手放在桌子上，手指交叉在一起。他微笑着扫视在座的众人，气氛仿佛有些缓和。

"大伙对这件事有什么看法？"军官缓缓地问道。

"到底拦截成功没有？"有人问。

军官摇摇头，说："至今不明。"

"那就是说，这八千多人全都死了吧，对不对？"又有人小声地说。

"肯定是没救了，发射到宇宙空间，无法接收，无法解析。"还有人附和着。

军官轻咳了一声，忽然转向我，问道："沈博士，你怎么看？"

我皱了皱眉，认真思考着这件事，随后回答："我觉得可能是超导电池的问题。"

军官眼睛一亮，抬手示意我继续说。

"融毁事故是发生在地面基站，只可能是传真信号内存和能量电池出现的问题，这就不是解析单元的故障。然而能将发射天线都融毁，却不是将内存击穿，可见能量是被迫释放出来的，并且还伴有超高的能量等级。所以综合这些因素，我认为极有可能是超导电池部分由于不知名的原因短路，之后为了保护部分未解析的信号，所以才将超能信号从内存释放。但是这种释放属于破坏性发射，导致外层空间的接收基站都瘫痪了。"

"如果是破坏性发射，那为什么还要发射？"军官的问话一针见血。

我抬头环视了一下四周，大家都认真地听我在分析，突然间我胆子大了起来，因为毕竟这是属于我的研究领域。

我清了清嗓子，告诉他们为什么要被迫发射信号。其实原因很简单，这就是一个选择题，如果当时不发射，那结果就是高能信号将内存击穿，从而让所有已解析和待解析的人体传真信号全部消失掉。但如果选择发射，那么只要高能信号减弱后，依然有被解析的可能。剩下的任务就是选择一个当时接收窗口最多的空域，把信号释放出去就可以了。从存活概率来看，后者显然有比较高的获救成功率。

还有人问我，怎么就敢肯定高能信号一定会减弱。我感觉这就好像是在给中学生上物理课，根本不想再去解释这些基础问题。可是无奈，我只得硬着头皮又给他们普及了一下电磁传播理论。

那名军官倒是没再问我什么，只是又说了些别的事情，重新强调安全操作，之后就宣布散会了。

我站起身，正要随着人群往外走，忽然那名军官叫住了我。

"沈博士，你说得很好。"他一边说着，一边朝我走来，我这才看到，他的身材十分魁梧。

"很抱歉，刚才开会时候没有自我介绍，我叫姜剑云。"他伸出手来同我握手。

我显得有些慌张，他一定能够感觉到我手臂正在颤抖。为了掩饰自己，我故意用了很大的力气握回去，但是我发现竟然握不动他的手。并不是因为他也用了力气，那种感觉就好像是他怕握得重了，而故意控制好力道，来得坚实又游刃有余。

"别被这身军装误导了，沈博士。"他撤回手，微笑着说，"我之前是国防生，一直读完硕士才来到部队上，我比那些带兵打仗的更'文气'。"

我尴尬地笑了笑，连忙把手收回来揣进衣兜里。

"刚才沈博士的哲学推理很不错！"

"呵，那不是哲学，是数学。哲学是事物发展的元理论，数学才是用现实来描述哲学世界的学科。"

"哦？"姜剑云一愣，"描述世界不应该用物理学吗？"

我看着他一本正经的样子，觉得有些好笑，解释道："物理学不行，它描述的世界不够完美，只能存在于人类眼中。只有用数学来描述的世界才可能存在神。"

"物理学里没有神吗？"

"没有，数学才有。"

我摇着头回答姜剑云的疑问，不知为什么，我的脑海里忽然浮现出歌剧《费加罗的婚礼》中那个小木匠用直尺一点一点丈量房间的画面。如果说整个数学是间大屋，那我就好像是个小木匠，把自己全部的时间都用来一寸一寸地丈量数学世界。然而现在，我又要带着这把尺子丈量人体远距离传真事业了。

姜剑云若有所思地看着我，看得出他在认真咀嚼我刚才说的话。

气氛一时有些尴尬，于是我问道："姜首长是学什么的？"

"无线电通信。"

"哦，物理学。"

姜剑云忽然笑起来，说："是啊，所以我的世界里不允许有神。"

我也乐了，开玩笑说："但是可以允许有外星人。"

姜剑云又同我聊了一些细节上的事情，最后临走的时候，他郑重地告诉我，鉴于一直以来我对于人体远距离传真技术的研究，组织上决定让我担任"冷湖计划"的特别技术顾问。我听完非常诧异，一方面我觉得自己并不是很专业，特别是比起那些外国专家。另一方面，我也不喜欢做抛头露脸的事。技术顾问嘛，总是要经常给众人汇报一些事情，因此我更喜欢和数据打交道。

但是姜剑云说，我这个技术顾问只需要向他汇报即可，不然怎么突出"特别"二字。

"放心吧，你不会让我失望的。"姜剑云说着拍了拍我的肩膀。

我听完默默地接受了。

从会议室回到工区，老匡已经在那儿调试传真设备了。他见我一脸茫然，就问道："怎么，挨批啦？"

我摇摇头。

"那就是升官了！"

"你怎么知道？"我睁大了眼睛。

"哎，不是坏事就是好事，大领导有请，那还能是小事？"

有时候确实佩服老匡这种人，他们对于职场的各种信息都很敏感，而我却像个书呆子一样，随波逐流。

后来听老匡说，姜剑云这个人很厉害，他是现如今整个人体传真事业里面唯一的一个以陆军身份加入的军官，这里大部分都是空军，也有一部分海军，但陆军的指挥官只有他一个。而且他学习的经历也比较突出，更别说他还挂上了校级军衔。

老匡说得头头是道，我却很不以为然。不敏感，所以就不觉得有什么特别。

就这样，在许多人的共同努力之下，我们全面做好了第一次人体远距离传真正式发射的准备。

"冷湖计划"是整个人体远距离传真规划的一个重要部分，也标志着空间传真技术从试验阶段到实用阶段的关键性转变。它包括从人体实载传真的单体发射，到高密度、远距离传真的压力发射的全部过程。

如果从时间上看，美欧在两个月前已经完成他们的压力发射测试，而我们虽然在时间上落后，但是一步一步走得很稳。这次美国的传真发射事故，也从侧面证明了我们之前花时间来准备的必要性。

不过必要归必要，美国的事故还是让大伙儿都绷紧了神经。

发射工作进入倒计时状态，我们全都聚集在测控室里。老匡特地戴上一顶卷边的毡帽，他说这是为了讨一个好兆头。而在我看来，他现在活脱儿一个在草甸里放牧的藏族同胞，那黑油油的脸上胡子拉碴的，仿佛都能够扎进眼前的屏幕里。

倒计时一小时，毫米波雷达开启，通讯测试；

倒计时五十分钟，收到火星接线站回传信号；

倒计时四十五分钟，超导电池组电压测试；

倒计时四十二分钟，空间传真天线展开，方向校准；

倒计时三十六分钟，在大气层二万二千米高度发现一个"衰减峰"；

倒计时二十八分钟，"衰减峰"消失，大气状况良好；

倒计时十二分钟，传真测试员就位；

倒计时七分钟，导向雷达关闭，准备进入发射"窗口期"；

倒计时五分钟，所有无线电通信关闭；

倒计时三分钟，超导电池组加压；

倒计时一分钟，数字信号池关闭，传真内存开始加载……

还有一分钟就要发射了，我的心脏砰砰砰地跳着。透过发射塔监视器可以看到，这会儿正在塔的顶端聚集起一阵高能反应，塔周围半径十米之内的空气瞬间被电离，噼噼啪啪地产生了阵阵闪电。

如果此时从远处望过去，戈壁的一端就仿佛被施了魔法，电离的空气以发射塔为圆心呈半球状笼罩着大地，不时有闪电击中地面，就像一条条触手在那里肆意地狂舞着。

涌动的能量变幻着色彩，在发射塔的顶端游走。忽然，一阵炫目的白光闪过，一号内存释放了。人体传真信号通过陆基天线，被发射到天空之中。

测控室里陷入死一般的沉寂，这儿的空气仿佛被一下子都抽干，静得连呼吸声都听不到。大屏幕上，数字倒计时以负数的形式坚定地走着。深邃的宇宙此时仿佛变成了一个巨型表盘，那束携带着人体传真信号的能量指针，正一点点地向着火星疾驰而去。

老匡把毡帽摘掉，用手捋了捋耳边的头发，两眼死死盯住大屏幕。而其他人也跟他一样，全都屏息凝神望着显示屏。

姜剑云坐在测控室的最前排，从刚才开始，他就一直保持着双手抱肩的状态，不跟任何人搭话。

时间一分一秒过去了，仍未收到火星接线站的信号。按照预定计划，由于这时的火星和地球位于太阳的两侧，传真信号大概需要八分钟的时间才能够走完全程。而等我们收到信号，起码也得十分钟的时间。

人们的心像是在被岩浆炙烤一般焦灼，互相之间虽然没有交流，但可以肯定，大多数人都想起了美国传真失败的事故。这种寂静的情绪在人群中蔓延，表面上看不到，却能够从每个人脸颊渗出的汗珠中读懂。

就在这时，坐在前排的姜剑云突然站了起来，他第一个发现了屏幕上左下角的"橙色"信号，那是接收成功的标志。

"快看，橙色！"大家还没有反应过来，忽然有人大叫道。就在这转瞬之间，人群彻底沸腾了。

回传的通信数据显示，三个人体传真信号全部接收并解析完毕，传真测试员已经下地，感觉良好。

"我们成功了！"

姜剑云转过身来，冲着大家高声喊道。

"他们已经下地！"

姜剑云脸上洋溢着微笑，大家热烈地鼓掌。

"踏上的是火星的土地！"

掌声，经久而不息。

我抹了一把额头上的汗水，连忙把各项参数记录下来。其实会有专门的数据组来处理这些事，但我还是习惯自己干。这次发射的成功让我们自主研发的许多设备都通过了实战考验，也预示着中国人体远距离传真技术步入国际先进水平。我心里自然是很欢喜。

从发射场出来以后，我决定跟大伙去喝两杯，庆贺一下。可是老匡要回镇上。我没有心思管他，毕竟有些人把厂区当家，也有人的家不在这儿。

那一晚大家都喝高了，一个个兴高采烈地唱起了歌。其间姜剑云加了进来，我以为大伙会安分一点儿，可没想到，姜剑云早就和他们打成一片，勾肩搭背地吆喝起来。

从餐厅里出来的时候，已经是深夜了。在这荒无人迹的戈壁滩上，头顶的星星格外明亮。

"你觉得什么时候我们才能去看看那些星星？"不知什么时候，姜剑云来到我身边。

我一扬脖儿，灌了一口酒，说："很快，很快。剩下的事儿就是挨个儿架'电线杆'。"

我的手依次划过头顶的那些星星，仿佛它们近在咫尺。

我俩仰着头，拎着酒瓶，站在冷湖黝黑而又寒冷的夜里，只是心中像燃着火，一点儿都不感觉冷。

接下来这几天我在忙着整理数据，而老匡却神神秘秘地时隐时现。我实在挨不过好奇，就逮住他问起来。可他倒好，我越是问，他就越遮掩。

"你再不说，我就去找姜剑云告状了。"我用略带玩笑的口气说道。

"哟呵，能耐啦！"老匡一脸不屑，"这没当几天官，威风倒不小啊！"

"别扯淡，快说，你这整天神秘兮兮的，干啥呢？"

老匡见拗不过我，一屁股坐到椅子上，腿翘老高。

"这个见过没？"老匡伸手递给我一个黑乎乎的东西。

我放下包，转身接过那个东西，手感冰凉，而且还很沉。

"这是什么？"

"你猜猜。"老匡狡黠地笑着。

我仔细地端详，这仿佛是一块岩石，它个头不大，只有手掌大小，表面有一层釉质，而在釉质下面则是星星点点的金色斑点。

"这不是普通的岩石。"我心想，因为按照这个体积，分量有点大，可见它的密度不一般。

"陨石？"我猜测道。

"厉害啊！"老匡说，"一眼就看出来了。这是刚从戈壁滩上捡来的。"

我早在欧洲留学的时候，就听说过沙漠陨石这回事。而且学校里还有个陨石协会，他们经常会去澳大利亚和美国的新墨西哥沙漠寻找陨石。一般这种陨石都会在地层的古老岩石分布区，如果该地区属于非沉积沉降区，陨石就可以长时间地积累，达到高度富集。但是冷湖位于柴达木盆地西北边缘，它整体由青藏高原向东南剧烈沉降，又属于冲积地带，所以在这个地区发现完整的陨石还是比较困难的。可见老匡在这件事上花了不少时间。

"你还好这口啊？"我把陨石递还给老匡，拍了拍手。

老匡低着头一边把玩，一边说："一个人久了，这点儿爱好能算啥？"

"你来冷湖多长时间了？"我问。

"十二年。"他说。

"一直一个人？"

老匡点点头，他举起陨石对着窗户照来照去。

"这么久，不孤独吗？"

他把手放了下来，但是眼睛依然望着窗外，说："不孤独，对于我这类人，人越多越孤独。"

他的话触动了我内心的某些记忆，这些年我一门心思钻入人体远距离传真的研发中，也根本没有觉得有多孤独。偶尔也会和家人相聚，但是总感觉那儿不是家。有些时候心里会空落落的，但只要一到接线站开始研究，就啥感觉都没了。

所以我研究的人体远距离传真，时刻不能停下来。

后来老匡告诉我说，其实并不是不能停，而是我根本不敢停，因为停下来的日子，我压根儿不知道会发生什么。

"那咋办？"这仿佛是我内心深处的声音。

老匡拿着陨石，把它放到耳边。

"你听，这石头还有声音呢。"

我先是一愣，看着老匡的笑容里面仿佛夹杂着一些别的东西，显得有点诡异。

眼瞅着时间已经接近中午了，我打算先去餐厅再去厂区转转。就在这时，门外进来两人。一个是那名武警战士，他已然成为我这儿的警卫员了。另一个人我不认识，是个年轻的小伙子。

"沈博士，这个人说无论如何也要见咱这儿的领导，说有重要的技术问题反映，我就先带来……"

没等武警战士说完话，小伙子紧走几步上前来，急切地说："你是这里的头吗？"

我摇摇头，而后又用力点点头。

"那你到底是不是？！"小伙子很着急。

"是、是，你有啥事？"

小伙子二话没说，快速把背包解下来，从里面掏出几页纸。

"你看看这个吧。"

我接过来一瞅，这是一份无线电信号的监测记录，从波形上看，像是加了密。我一页页地翻下去，上面各种参数和推断写得很详细，可见记录人下了不少功夫。

"你是做什么的？"我问他。

"我只是一个无线电爱好者，你别管这些，直接看最后一页。"

我翻着眼睛瞥了这个没礼貌的小伙子一眼，随后按他说的，直接翻到最后一页。在这页纸的最后部分，一段破译好的文字引起了我的注意：火星、坠毁、救援、能源。

"火星、坠毁、救援、能源。"我自言自语着，琢磨着这几个词组的含义。

"这是什么？"我低着头问道。

小伙子咽了一口唾沫，润了润喉咙，说："是这么回事，我是兰州大学信息工程学院的学生，最近我们在冷湖这边做课题，然后一个很偶然的机会就监测到这段无线电码。起初我们觉得这段代码加密的方式很特别，就想破译试试，可结果把我们吓一跳。我们觉得这也许是恶作剧，就想把它找出来，但是我们的设备不行，只能定位到十公里的范围，这几天我们一直在这附近找，后来就到这儿了，心想着，也许跟你们有关系。"

我看着那段信号的波形，就好像是心电图。

"出现多久了？"

"整七天。"

"全天有吗？"

"不是，只在每天上午十点到十一点半之间。"小伙子说着擦了擦额头上的汗。

在他们划定的这个十公里的圆圈上，只有冷湖镇的一角在里面，离新基地最近处也有六公里远，其他的大部分区域都是空旷的戈壁滩。

我心里一阵狐疑，因为新基地有无线电管制，不可能发出这种信号。而在戈壁滩上出现这种恶作剧的可能也几乎为零。所以，我的第一反应是有人故意捣乱。

"莫不是间谍？"我猜测着。

那段信号越看越让人觉得诡异，我决定向组织汇报。于是，就让老匡陪着小伙子在这里等，而我一个人前去找姜剑云。

这时指挥部里正在开会，门虚掩着，我悄悄推开门走了进去。姜剑云看我进来，伸手指了指，示意我坐到后排。

会议大概内容是关于中央对高密度发射的指示，现在国际社会对我们发射成功这件事持观望态度，虽然有一些集中报道，但也没有大范围的舆论，因为毕竟人体传真技术并不是什么新鲜事，各个国家有所突破也很正常。可是，从战略角度来看，为了防止其他大国后续的大规模发射所带来的战略失衡，我们必须要加快步伐追上去。

所以，中央采取的是"外松内紧"的战略，表面上各个国家都相安无事，但实际上在暗暗地角力。

我听了一半，就明白了大概的意思。正当大家开始讨论的时候，姜剑云大校走了过来。

"找我有事？"

"嗯，你看看这个。"我把那几页纸递给他。

姜剑云不愧是有底子的人，迅速浏览完这几页纸之后，就立刻了解到事情的紧迫性。他把我拽到一边，压低声音告诉我，这件事情不能声张，但一定要查清楚。目前知道这件事的只有我、老匡、那名战士和那几个大学生，而学生肯定不能参与进来，所以先把他们隔离看护。剩下我们仨就来完成这项任务。至于我们现在的工作，就先由其他人来替代，抓紧时间查出真相来。

我领了任务就赶紧从会议室出来了，回营房的路上我想了很多。如果是有间谍窃取情报那倒没什么，核心技术他们绝对得不到，进展状况对于其他组织而言也没有太大用处，而且在冷湖这个荒山野岭，想抓住他也不是什么困难的事。

"但是有没有另外的可能……"我自言自语着，从那段破译出的代码上看，这几个词组连在一起就是一个求救信号。会是谁发的呢？我心中不安起来。

就这样，我们三人小组在第二天的清晨就驱车出发了。战士小刘负责开车，老匡坐在副驾驶负责观测，我在吉普车后排操作无线电测向仪。

从基地所在的山谷中出来，就是茫茫的戈壁滩，滩上的特产就是砂岩和碎石。这里被誉为地球第三极——生命禁区，不光是因为高海拔、低氧、低气压的恶劣环境，还因为这是地球上最大的雅丹地貌。那些岩山远远地看过去，让人感觉一点都不像是在地球。

表针逐渐指向十点，在那个大学生口中，这是奇异信号出现的时刻。我们刚刚做好心理准备，就见测向仪上的数字发生了变化。

一束奇异的电磁波被测向仪捉住了。

武警小刘在我的指示下，迅速做"之"字形机动驾驶，老匡也拿起了望远镜，向远处搜寻着。

我用的是基地里最好的设备，它能够对分米以下波段的信号做精准定位。可是戈壁上面空旷如野，半点人为的迹象都没有。

我紧紧盯着测向仪和场强表的变化，右手飞速地在地图上标定着锚点。但是我发现这个信号的波长实在是太诡异，无论我们朝哪个方向走，都不能准确测定它的发射点。如果是跳频的话，从波形上看又不太像。难道它是移动的？

吉普车在戈壁滩上兜着圈儿，测向仪一直在五公里范围内摇摆不定。这就像是在旋风之中放风筝一样，我们被一根极细的线牢牢牵住，但是又不知道朝哪个方向飞。时间刚刚划过十一时三十分，信号就立刻消失不见了。我无奈地看着场强表上面的数字归零，却没有任何办法。

回到基地以后，我并没有马上把这个结果向姜剑云报告，而是闷在屋子里认真地分析着今天的数据。小刘给我们打饭回来，老匡凑合着吃了点，我却一口没吃。这事一时半会儿落不了地，我也没啥胃口。

毫不夸张地说，这是我见过最为诡异的信号了。我虽然没有见过军方演习时所形成的波形，但是从示波器演化出来的形状来看，如果这段信号携带着加密信息，那就肯定不是普通无线电爱好者发出来的。

"要不然……咱们拿给姜剑云看看？"老匡在一旁试探着问我。

"不。"我斩钉截铁地回答，"明天我们再试试。"

一夜无话，第二天我们又早早地来到戈壁滩上。按照昨天所标的几个锚点，我们要采取"串糖葫芦"的方式来定位。

十点到了，奇异信号准时出现在测向仪上。我们连忙发动引擎，又是一阵漫无目的地追逐。可到了十一时三十分，信号又准时消失了。我们仍然是无功而返。

在指挥部的会议室里，姜剑云拿着我们这两天的资料，详细地揣摩着。这一个多月来我从没有看见他像现在这样皱着眉头。

"你有什么想法？"我小心翼翼地问姜剑云。

"你们需要更精准的测向仪。"

"要多精准？"

"从毫米波到米波，全覆盖。"

"基地没有这设备。"

"从外面借。"

"据我了解，那应该是军用级别的设备，不好借吧？"

"从哪儿借，怎么借，是我的问题。"姜剑云说这话的时候没有一丝犹豫，"我保证三天后你们能用上，然后一天定位，这件事情在五天之内必须全部解决。"

"五天之后会怎样？"

姜剑云默不作声，他把资料放到桌子上，两手抱肩放在胸前，双眼直直盯着桌角。他这个姿势大约保持了五分钟，不过后来据老匡回忆，也就三十多秒。随后，他把资料整理了一下，交给我，然后径直走了出去。

我和老匡面面相觑，都不知道他心里是怎么想的。

不过话说回来，如果能有更好的测向仪，那找出这个信号源也是分分钟的事情。现在猜测再多都没有用，一切有价值的信息都会在测向仪运过来之后见分晓。

三天后，青海海西蒙古族藏族自治州，格尔木军用机场。

巨大的运输机降落在格尔木军用机场，这是一架改进型的"运-20"，它的机背也是同类运输机中最宽大的，上面甚至还能搭载航天飞机，因此"运-20"自然就成为目前中国最大的空中运输堡垒。这次它专程从北京飞过来，执行一个神秘而艰巨的护送任务。

机场位于昆仑山南山口的一片凹地里，此处的风很大，狂风夹杂着雪絮和石块横行而过，听说就连拳头大的卵石都能够被刮到半空中，景象十分可怕。

老匡告诉我，他曾经在早先执行勘测任务的时候，遇到过那样的情景。当时，他随一个车队从格尔木出发，经昆仑山口去往可可西里运送物资，刚到达这里，就碰上了沙暴天气。天和地弥漫在猛烈的风沙中，早已经分不清楚了，远近一米之内什么都看不见。所有车窗玻璃全被飞起来的石块打碎，就连车底盘下的水箱都被石子打得净是窟窿。

同行的一共有七辆车，见风沙来了，赶紧围成一个圈，然后所有人集中在中间的车上，趴到后厢里，这才算是躲过此劫。等事后他们把车开到了目的地验损，惊人地发现所有车的车漆全都掉了，而后斗的木车皮也被硬生生消磨下去一大截。

所以，在昆仑山口，狂风是出了名地狠。

可是今天，大大出乎人的意料。

就在运输机降落之后，风竟然毫无预兆地停了。

随着机上下来一队解放军战士，设备交接仪式很快便开始。站在最前面的是一个少校军官，高高的个子，清瘦的身躯，脸上拥有着典型军人的坚毅神情。在他的身后，是一队全副武装的解放军战士，一个个身着军装，站得笔挺。

我和老匡就站在队伍的不远处，这阵仗也是很少见过。此时已接近中午，但是山口的温度还是相当低。我们这边负责接收的是冷湖基地部队的雷达连，还有冷湖行政委员会的几名政府人员，他们有的人已经被冻得瑟瑟发抖，抱着肩不断地跺脚来取暖。也只有军人们能够抵抗这么恶劣的天气，虽然我们的睫毛上都已经结了霜，但战士们一个个仍精神抖擞地站在原地，仿佛雕塑一般。

很快，从飞机上运下来一个铁箱子，由六名战士抬着，看样子不轻。这六个人小心翼翼地抬着铁箱子，然后轻轻地放在两方队伍的正中间。

少校拿出笔，飞快地在一个单子上签字，然后递给雷达连的战士。战士接过单子，低头看了看，随手把它夹在腋下，行了一个标准的军礼。

少校啪地并拢双脚，向战士回礼。两队解放军同时向后转身、迈步，整个过程就好像已经演练过许多遍一样默契。

交接任务顺利完成。看似很简单的一个程序，双方自始至终都没有说一句话。肃杀的气氛一直笼罩着四周。

老匡搓着冻得通红的手，凑到我跟前来，不停地吸着鼻子。

"这测向仪很专业吗？"

我跺了跺冻僵的双脚，说："军用级别，专门用来捉隐形战机雷达信号的。"

"那他从哪儿搞来的？"

"谁知道。"我摇着头说。

雷达连的战士们齐心协力地把测向仪装上车，在一声长长的鸣笛之后，我们开始返回。

就在回去的路上，老匡问了我两遍这个设备到底行不行。其实行不行我也没把握，如果只是波长的问题导致的定位不准，那这个测向仪就一定行，它能把任何频段的发射源定位在十厘米之内。可如果不是波长的问题，那就很难说了。

我同老匡讨论了一路，不知不觉已经回到了基地。我们正计划着如何揪出那个奇异信号，刚一进大门，就看到所有人全都忙碌起来，在基地里快速地穿行着。

"发生什么事了？"我随便拽住一个人问道。

"你们没听通知吗？"他瞅了瞅我腰上的对讲机，"美国刚刚宣布了。"

我扭过头看了看老匡，他也正好望向这边，我俩同样都是迷茫的眼神。

"美国宣布什么了？"我急切地问。

老匡连忙打开了对讲机，里面上行下行混成一片，十分嘈杂。

那个人上下打量了我一番，随后说："两个小时前，美国宣布正式开启星际殖民计划，他们已经全部准备好了。"

"这不可能！"我不加思索地说，"他们刚刚才发生了事故，怎么会这么快？"

老匡这时已经调整好了对讲机，从上行的各种对话中我们获得了消息。原来就在我们离开的这半天，美国单方面宣布开启星际大殖民时代，他们称已经掌握了便携式接线站的关键技术，而且在太阳系内大部分适于人类生存的行星和卫星上，都已建好了陆基接线站。

更可气的是，前段时间的发射事故并不是一次失败的操作，那只是一个幌子而已。他们的高能人体传真信号已经按照预定计划抵达奥尔特云（位于太阳系边缘的球体云团）的秘密接线站，同时还利用那股信号的超高能量，融毁了大部分其他国家的接线站。现如今在太阳系里，除了美国的接线站，其他国家已经不具备大规模人体传真的可能。

而且，美国人还表示，他们会在美国的接线站或接线员到达的地方插上美国国旗，所有这些地方都将会是美国的领土。美国视一切未经同意的人体传真和侵入为"不友好"行为，从而采取反制措施。

没等听完，我一把扯过对讲机，用力地掷在地上，摔得粉碎。

也顾不得去想测向仪的事情，我一路小跑到了指挥部。会议室里这会儿挤满了人，一个个都在紧张地忙碌着，可唯独不见姜剑云大校的影子。

"他人呢？"我问门口的警卫员。

警卫员一看是我，连忙说："首长去测控室了，他说你回来后马上到测控室找他。"

"他这是要做什么？"我心里一边想着，一边快速跑下楼。

测控室里这会儿也是人声鼎沸，我过去的时候姜剑云正在同几个工程师说话，看到我进来了，他立刻大步走过来。

"什么时候能够再次发射？"他的开门见山让我有些不知所措。

或许是我刚才跑得有些剧烈，稀薄的氧气让我的头一阵犯晕，我扶着桌子喘粗气。

"单体发射随时可以。"我尽力地平稳呼吸。

"我指的是高密度发射。"

"一个月……不……二十天。"

"不行，时间太长。"他斩钉截铁，"有没有别的办法？"

"没有……最快最快也得两周多。"

"我要三天完成。"

"那不可能……"

"破坏式发射呢？"

"你是说……"

"是的。"

"那方法不行……"

"为什么不行？"

"不具备条件。"

"什么条件？"

姜剑云的提问像是连珠炮，一点儿都不给我留反应的时间。但我已经猜到姜剑云所指的破坏性发射是怎么回事，他是想效仿美国欧南空间传真实验室的那次"事故"，用超高能量传真信号来进行发射，从而抢占先机。

我心里的真实想法是：那绝不可能。先不说这种一次性发射对于传真设备的破坏程度，单单是高能传真信号本身我们就无法解析。美国人很聪明，他们上次的发射是经过精心设计的，能够让海王星的磁场充分发挥作用，使得信号本身的能级减弱。但是我们现在各方面的条件都不具备，贸然发射的话，只能以失败告终。

而且，还有最致命的一个弱点，那就是迄今为止，我们也只有火星和海卫一两座接线站。

姜剑云听了我的想法后，陷入深深的思考之中。我十分理解他此时对于人体远距离传真迫切的愿望，可惜现实就是这样，美国人没有给其他国家一丁点儿翻身的余地。

过了好一会儿，姜剑云才回过神。他在思考后最终做了三个决定：第一，高密度发射必须尽快进行，无论用什么方法。第二，由于搭建额外的外层空间接线站已不现实，所以要立刻扩建位于火星和海卫一的接线站，并且改建月球基地的陆基接收天线，使其具备接线功能。第三，冷湖基地所有人员工种等级在原基础上提升一级，助理工程师升项目负责人，普通技术工人升技术骨干，普通技术岗由后勤人员接手，所有行政部门取消，余出的人统统去支援后勤。

这个决定让基地的所有人都吃了一惊，就好像一枚炮弹似的在人群之中爆炸了。大伙儿纷纷猜测，这么做肯定会乱了套，让现有的局面雪上加霜。

但姜剑云果然名不虚传，他在每一个重要岗位都安排上自己信得过的人去充当联络员，所有解决不了的问题都会由联络员汇总，然后联络员按照轻重缓急的程度，分批次报给临时成立的一个技术智囊团，等解决方案拿出之后，再经过联络员分发给相关的项目小组。处理流程一下子简便许多，联络员就好像"经脉"一样把各个打散了的"器官"重新组合在一起，彻底实现了扁平化管理。

按照这种方法，冷湖基地竟然有条不紊地开始了超高效的运作。我心里暗暗地佩服起了姜剑云，他的指挥才能在这件事上发挥得淋漓尽致，把一个略微松散的团队，瞬间凝聚成准军事化的作战部队。

　　同时，在这样高效的工作状态下，大家的战斗意志重新被激励起来，一个个摩拳擦掌。

　　不过这样做并不全都是好事，因为我亲眼看到了几个原处室的中层领导，现在都去食堂擦桌子了。他们死盯姜剑云的时候，眼神里仿佛都冒着熊熊烈火。

　　在吃饭时，我饶有兴趣地把这件事告诉了姜剑云，他苦笑了一下对我说，这也纯属无奈之举。因为当一个部队进行突击的时候，没有哪个人可以轻松走入战场。

　　饭后，在跟姜剑云回指挥部的路上，我就问他：我们这么拼，究竟是为了探索宇宙？还是别的？

　　忽然，他站定了脚步。望着东方地平线上冉冉升起的火星，他小声地说："皆有吧。"

　　他军装的衣角被夜风呼啦啦地刮起，就像是一面旗帜，在风中猎猎飞舞。

　　在发射方案制定好之前，我又向姜剑云汇报了一下奇异信号的事。现在这件事已经显得没那么重要了，所以我俩经过商量决定，让那几个还在营房拘着的大学生去完成这个课题，直接把定位奇异信号的事情推给他们，除非遇到攻克不了的困难。

　　难得能够跟他的考虑方向一致，我曾认为姜剑云只是一个靠着职场技巧而生存下来的"花瓶"，可就最近这几件事来看，他的判断都很准确。

　　在把我解放出来之后，我彻底投入实现高密度传真的任务当中。其实就像姜剑云说的那样，方法不是没有。只要我们认真地去分析每一条线索，总能得到一些启示。

我按照姜剑云的思维方式寻找下去，还真的发现了一丝机会。那就是可以通过一种叫"流星余迹"的物理现象来达到衰减传真信号的目的。所运用的原理很简单，流星在掠过空中时会发出大量的光和热，它会使周围的气体电离，并很快扩散形成以流星轨迹为中心的柱状电离云，这种电离云具有散射和吸收能量的特性。这就是所谓的"流星余迹"。

我又观测了火星和海卫一的大气状况，两者都有不同程度的流星余迹反应。这是一个绝佳的机会！

在测算完毕之后，我马上就拿给姜剑云看，还附着一张信号衰减的对比图。

"干吧。"姜剑云把资料牢牢地按在桌子上，"这是最后的机会了。"

就这样，我们开始了与高密度传真发射的最终决战。

时间一分一秒地流逝，转眼之间两天过去了。在这紧张的两天中发生了许多事情。最重要的有两件：

第一，由于美国的单方面公告，其他各国采取了紧急沟通措施，最后决定利用各自现有的太空力量，联合起来进行远距离传真，以达到共同开发的目的。

这是一个好兆头，毕竟大家联合起来的力量要比自己单干强得多。中央在取得了各国的信任之后，迅速成立一个协调组，来专门对接这件事。用不了多久，我们就能够利用其他国家的接线站来进行远距离传真了。当然，我们的传真任务也要把其他国家的人员纳入进来。

第二，老匡被抓起来了。

刚得到这个消息的时候我着实吃了一惊，因为就在那几个大学生开启了精准测向仪之后，他们把奇异信号的发射源不偏不倚地定位在位于冷湖镇的老匡的旧房子里。

等我驱车赶过去的时候，他的屋子已经被翻得乱七八糟，警卫人员一寸一寸地搜寻着发报机之类的仪器，但最终一无所获。我没有去临时牢房里见老匡，因为我始终不相信他能够干这种事，而且还是在众人的眼皮底下，偷偷地搞破坏活动。

姜剑云只是冷冷地批捕了老匡，之后再也没有跟我谈论关于老匡的事情。我们的心思全部都在最重要的任务上。

外国的专家和接线人员这两天络绎不绝地来到了冷湖，他们所有人看到这里环境的时候，无不惊叹中国人的智慧和毅力。

借用一个外国专家的话来说："我们到冷湖之前，从不相信中国人能在人体传真技术这条路上走多远，就像我们没到长城之前，也从未相信过那样的一个个城堡可以蜿蜒万里之遥。"

然而事实上，在我们中国人心中，万里长城只是区区的一小步。浩瀚的宇宙空间才是中华民族不屈精神的最终归宿。

看着基地里川流不息的人群，我悬起来的心终于能够安定下来了。这一场关于人体传真的竞技赛，我们正要以最饱满的状态和高昂的热情，站到大宇宙时代的起跑线上。

高密度发射的头天晚上，姜剑云破天荒地拎来两瓶酒找我共饮。我接过瓶来一看，三十年窖藏的老茅台。

"好酒啊！"我起开瓶盖，灌了一大口下去，浓烈的酒香瞬间从胃部沿着喉管直冲头顶。

"明天的这个时候，我们就能在电视上看到咱们的接线员在火星上喝酒了。"

姜剑云喝酒的方式很可怕，他一手托着瓶底，然后直接对着嘴倒入口中。

"也不知道能不能带酒过去。"我边说着，边喷着酒气。

"酒还用带吗？"他又是一大口。

"怎么讲？"

姜剑云擦了擦嘴角流下来的琼浆，笑着说："他们第一代接线员上去以后，就已经开始酿酒了，用纯粮食。"

我惊诧中带着骄傲，这果然是中华民族特有的庆祝方式，让酒香飘满宇宙，让星光洒下一路。

"来，干！"

我们两个人的酒瓶撞在一起，那清脆的声音在冷湖的夜里，在冰冷广袤的宇宙里，传得很远很远……

第二天，在冷湖基地的发射场上，到处人头攒动。不仅仅是多了外国的友人，还有许多媒体也应邀前来采访。其实到这个时候，已经不是"弯道超车"那么简单的事情了，为了扩大发射的声势，让全世界都看一看我们的行动，是十分必要的事情。

由于前期调度得很合理，我们可以说是以最好的状态来进行这次发射。

随着时间的推移，火星与海卫一、木星卫星、土星极地空间站的发射窗口逐次打开。

大气观测卫星和其他行星探测器的眼睛牢牢盯死了各个外层空间接线站附近的流星余迹，发射场的各种仪器同时开启，冷湖基地严阵以待。

"倒计时五、四、三……"姜剑云大校亲自开始倒计时。

"发射！"

一声令下，只见发射塔顶端又重新聚起了高能量反应，只是这一次的壮观程度比之前的都要宏大。

耀眼的闪光伴随着超导电池组巨大的轰鸣声，在山谷里持续地回荡着，那感觉就像是一个巨人手里的电焊枪直直地朝着天空喷射。

在又一阵的强闪光之后，传真信号发射了。发射塔的顶端像糖稀一般淌了下来。

热烈的掌声响起来，人群鱼跃着、沸腾着，周围的人两两拥抱在一起，用自己的肢体来表达对于这场伟大盛事的感慨。

我激动得流下了泪水，正要伸手从裤兜里掏出手绢来擦拭，忽然，旁边有人挤到我的近前。

我抬头一看，原来是兰州大学的那几名学生。我连忙用手拭干了眼角的泪滴。

"发射了！"我激动地对他们说。

"是的，沈峰博士。"领头的那名小伙子回答。

"你们也看见了吧，咱们发射成功了。"我情绪还未降下来，有些语无伦次。

小伙子皱了皱眉，说："看到了，祝贺你啊，沈博士。"

"你们找我有事吗？"我稍稍平静了一下，问道。

"是这样的，非常抱歉这会儿打扰您。可是有件事情必须要让您知道。"

"什么事？"

"你来了就知道了。"

小伙子领路，几个大学生簇拥着我往人群边缘走去。

没走多远就来到了他们几个暂住的营房，推开门进去，那台测向仪正在屋子的正中央运行着。在它的显示屏上，几段监测代码飞速跳动着。

"这是什么？"我一边查看，一边问。

"是这样的，本来我们前两天已经打算离开了，可是大家都很好奇这台测向仪，所以就偷偷开启它使用了一下。可是……"

"可是什么？"

小伙子脸上露出十分为难的表情，其他几个人催促着他赶紧说。

"可是……我们又监测到了那个奇异信号。"

"什么？！"我吓了一跳。因为老匡已经被抓起来了，他的房间也已经搜查了个底朝天，怎么还会出现？

"你们定位了吗？"

"定位了，你看，就在这儿。"

小伙子用手指了指旁边的地图，当我反应过来的时候，一滴汗从我的鬓角滑了下来。

那个位置仍然在老匡的旧房子里，没有变化。

我顾不上猜测，立刻启动吉普车，拉着几个学生，径直朝那个地点疾驰而去。在路上，我把场强表交给那个小伙子。

很快我们就赶到现场，场强表开启之后，滴滴答答的声音不绝于耳。奇异信号此刻正在发射。

我们一阵翻箱倒柜，就在信号马上要减弱的时候，场强表把箭头指向了一个东西。

那是一颗黑乎乎的拳头大小的铁陨石，此时正在老匡的床下面静静沉睡着。

我小心翼翼地捧起陨石，把它放在示波器旁边，然后连忙让大学生们把翻译机接上去，就这样一台简易的信号破译器做好了。我按下开关，一串熟悉的文字出现在显示屏幕上。

"火星、坠毁、救援、能源"。

我怀疑自己的判断出了问题，索性把陨石捧走，示波器上的波动减弱。又捧回来，示波器欢快地继续跳动。

"这是怎么回事，沈博士？"小伙子问我。

我呆呆地看着示波器，摇了摇头。

"不知道，我没见过……"

"能应答吗？"一个女大学生说道。

她的话像一席冷水激醒了我，于是我连忙将腰上的对讲机解下，把频率调到和奇异信号一致，然后小心翼翼地按下了通话按钮。

我对着对讲机说了第一句话，没有抱任何得到回应的期盼，语气中只有满满的惊恐。

"你是……什么……"

屋子里十分安静，就连掉落一根针都能听见。

忽然示波器跳动了一下，随即在翻译器的显示屏上又出现一行新字。

"这是哪里？"

"地球。"我的汗像雨滴般落在床沿，"你是谁？"

"我叫……"忽然示波器像是被干扰了，剧烈地抖动起来。

"你是什么？"我又问了一遍，眼看着时间指向了十一时三十分。

就在这时，翻译器打出了长长的一句话：

"我叫……坠毁火星……我是……"

当我看到末尾的两个字之后，我清楚地感觉到，自己用了二十多年所构建的数学大厦轰然倒塌。那回答倒不是有多奇怪，而是十分的平常，平常得让我无从适应。

就在示波器上，清楚地写着：我是人类。

信号消失了，屋子里又归于沉寂。只有那几台机器偶尔发出滴滴答答的机械声。身后的几名大学生老老实实地站着，他们一个个都看向我，期待我能给他们一个完美的解释。

但是我无法找出任何有价值的答案，我们都面面相觑地呆在那儿。

突然，步话机又重新响了起来，下行线路的通知过来了，我连忙调整到正确的频率。

一切都来得太突然，我完全没有任何心理准备。对讲机里面用极其沉静的声音在广播着一件事：高密度发射失败了。五百多名接线员全部不知所踪。在所有接线站的接线频段上，橙色信号灯始终没有亮起。

听到这个消息之后，我像一块门板一样重重地摔倒在地上。耳边听到的，仿佛是在遥远的地方有人大叫着"救人"。那声音就像一座大钟，霸气而浑厚的轰响将我彻底震晕了过去。

就在昏睡的时候，我做了一个梦，梦里我仿佛被吊到一个结实的横梁上，脚下是一片黑洞洞的世界，耳边没有声音，只有无边无际的黑暗将我团团围住。而后绳子断了，我坠落了下去，在下坠的过程中我分明看到黑暗里伸出一只只手，它们挥舞着、摇动着，想要把我抓住。而我就在这片无际的黑暗里一直向下跌，直到连我自己的身体都看不清了，滑向宇宙的最深处……

我醒了，眼前是一扇窗。

虽然外面也是黑夜，但就在这黑夜之中，几颗明亮的星星挂在天上，一闪一闪地，像是在对我说着什么。我的心里顿时平静了许多。战士小刘在房间里坐着，看到我醒了，悄悄地走了过来。

"你醒啦，沈博士。"

我用力地睁开眼睛，脑袋疼得出奇。

"现在几点……"

"凌晨两点，博士。"

我抬了抬手，一个输液器缠在胳膊上，静静地为我注射着液体。

"姜剑云呢……"

"首长在指挥部。"

"陨石呢，看到陨石没？"

小刘点点头，说："都搬过去了，首长他们正在研究。"

"噢，那就好。"我闭上眼重新定了定神，"扶我起来吧。"

小刘连忙将我搀扶着坐起来，他扯过一个枕头垫在我的腰下。

"首长交代要让您好好休息，您想不想喝点水，要不吃点东西？"

我摇了摇头，脑袋又是一阵眩晕。

"不用了，小刘。"我摆了摆手，"去把我的衣服拿过来，然后咱们去指挥部。"

小刘没有再强迫我休息，他听话地拿来衣服帮我穿好。临走的时候，他还不忘用保温杯给我装了满满一杯热水，让我揣在怀中。

此时已是深夜，基地里静悄悄的。要是按照前几天的状态，即使在这个时间段，整个基地里也是灯光大亮。

"大概是因为上午的事故吧……"我心里暗自思度着。

如果说万念俱灰的感觉是一种平静，那我此时还要在这种平静之上加几个数量级。我不知道别人是怎么度过这一天的，单单是对于我而言，时间仿佛已经静止。我所有的意志和坚持都被这静止折磨着、敲打着，在失败的面前做着垂死挣扎。

指挥部到了，只有这里还灯火通明。

姜剑云大校和诸位工程人员用疲惫的眼神瞅着我缓慢地走入会议室，他们仿佛已经在这儿讨论了很久，只是从他们的脸上，我看不到任何希望。

会议中止了，姜剑云把一叠资料传到我面前，告诉我事情的原委。

上午在传真信号发射之后，外层空间的接线站第一时间做了接收，只是有一个环节出现了问题。由于信号能级过高，导致发射塔没能在集束之前就发生了融毁，发射到宇宙空间的信号过于分散。再经过流星余迹散射之后，各个接线站已经不能从信号里解析出来任何东西。除了一片高能的背景噪声，就什么也没有了。

至于那颗铁陨石，他们回来后又对这个东西进行持续充能加压，已经可以建立起不间断的信息沟通。姜剑云指了指我面前的那叠资料，所有相关的数据都被记录在里面。

我随意翻看着对话记录，简直无法相信自己的眼睛。

陨石自称"池波"，是来自冷湖基地接线站的一名接线员。他说自己是几天前在执行人体远距离传真任务的时候，坠毁到火星的。他现在正在等待救援。

当时姜剑云立刻查阅了前几天的发射资料，在三名执行任务的接线员中，有一个人就是池波。

所有人都不相信这件事，于是立刻连通了火星接线站。当他们听到通讯那头儿传来池波声音的时候，全都傻了眼。

人们一遍遍地核对数据，又一遍遍地向陨石求证，得出结论：

这个黑乎乎的陨石的确具有接线员池波的一切意识和记忆，而在那些海量的接线数据里面，人们发现了一个信号散射的能量缺失，大约只有百分之二。

再往后的事情，就完全无法解释了。人们为这两件事一筹莫展，全都像瘪了的气球一般瘫坐在椅子上。

我拧开保温杯，喝了一口，嘴唇感觉到水的滚烫。

"我们还能发射吗？"我脸朝着姜剑云，静静地问道。

姜剑云抱着肩膀，低着脑袋不说话。

等了好久，他旁边的一个瘦瘦的工程师开了口。

"沈博士，你没看到我们的主发射塔已经融毁了吗？"

我又喝了一口水，说："还有备用的发射天线。"

指挥部里弥漫着一股死亡的气息，那感觉就像是生与死的对抗。

这时，又有一个工程师发言，他体型比较大，说话声音很洪亮。

"沈峰，现在不是能不能发射的问题，就算还有备用天线，咱们的人在这种状况下也没谁愿意冒这个险。何况还有一个石头的事儿没解决，你说这要是再出什么差错，那不就……"

"够了！"姜剑云大校吼了一嗓子，在座的人全都安静下来。

我分明已经感觉到死神正在把它的镰刀挥向我的脖子。的确是这样，没有人能够承担这种责任，更没人愿意再去冒这个险。

我又轻轻呷了一口水，此时我内心的平静就像刚刚从噩梦中苏醒，看到满天星光的感觉。

"没人了是吗？"我淡定地微笑着。

终于，姜剑云松开了肩膀抬起头，说话了。

"沈峰博士，你有什么想法就说吧。"

我没有立刻回答，因为我知道，接下来的陈述，将会是面对死神所做的最后的遗言。

我静静地喝一口杯子里的水，然后把杯子重新拧好，放在桌子上。整个动作都充满了仪式感，因为那是我作为人类这个物种最值得骄傲的部分。

我的目光扫过在座的诸位，最后落在了姜剑云身上。

"大校，你能想象出来的生命形式有哪些？"

姜剑云略一沉思，随后说："人类、动物、植物、昆虫，还有细菌等等。你问这个做什么？"

我微微一笑，又问："那你觉得我们对宇宙的探索就这样停止了吗？"

"没有。"姜剑云不假思索地说。

"那好，我们探索宇宙、探索生命，目的是为了不再孤独。但是我们人类自己只能接受碳基以内的生命形式，而探索活动也仅仅是在人类之中进行的。偌大一个宇宙，怎么可能没有其他形态的生命？又怎么不会有其他形式的探索呢？

"我们人类的思维方式已经被自身的局限性所束缚住了。"

我说完这句话，眼神直指姜剑云。他应该可以感觉到，我想传达给他的所有意思了。

在座的人包括姜剑云都没有说话，而我已经说完了。此时此刻，我把右手高高地举起来，让所有人都看得到。

"我沈峰，愿意再次尝试人体远距离传真，不用接线和解析，把我发射到宇宙中就行了。谁还愿意？"

这句话就像是划开暗夜的一道闪电，它凌厉的身姿即使在千百年后依然能够站立在宇宙的最顶点。

只是，我的话音落了很久，却没有一个人再举起手。

> 沉闷如滚雷的昼啊，冰冷的夜啊，
> 你像一声凄厉的啸叫，
> 狂奔在茫茫戈壁，
> 追逐着无奈。

> 默默如衰的山啊，流淌的水啊，
> 你像一只被咬碎的夕阳，
> 洒下橘色余晖，
> 又径自散开。

> 孤胆的骑士啊，圈养的勇士啊，
> 披着黑夜的战袍，破败的希望，
> 走向天边的鱼肚白……

我闭着眼睛，高举着手臂，两行热泪从我的眼眶中涌出来。我不知道前方的路上有什么在等待我，也不知道身后的路上又有什么样的足迹会被留下。我仅仅是不想让这脚步停下来，不想让探索宇宙的热情被冻结。

我没有任何关于归宿的期盼，因为只要我还能够以其他的形式存在于这个宇宙中，那么就能证明一点：人类永远不会孤单。

时间过了很久很久，肃杀的气氛一直笼罩着会议室，人们全都默默不语。现在看来，我或许要一个人独自上路了。

也罢，当初加加林也是一个人。阿姆斯特朗也只有他们几个人。先行者的孤独和骄傲都是相伴而生的，别人没有任何义务来陪我做这件事。

"姜大校，请你向组织表明，这是我的个人意愿，并且准许我做一次这种尝试，所有后果我一个人承担。"

姜剑云望着我，他的眼神里充满了各种复杂的情绪，但是我能够从中读懂一件事：他一定会支持我。

我把手臂放了下来，安静地等待着姜剑云的命令。

就在这时，一阵嘈杂的脚步声响起了，会议室的大门忽然被推开，一个人裹挟着冷风闯了进来。

我回头一看，原来是老匡。他的脸上长出了茂密的胡须，头发乱蓬蓬的，而在脖子的后面，挂着一顶破毡帽。

"你怎么来了？"我惊讶道。

"沈峰博士，我都听说了。这次啊，我陪你一起走，咱俩还是老搭档。"老匡说着举起了手，"我们冷湖人从来都是四海为家，这次有机会探索宇宙哇，更不能少了我们冷湖的子弟。算我一个，说真的，我也对自己负责。"

姜剑云瞅着这个闯进来的莽汉，又扭头看看我。此时，我的嘴角上闪现出一丝得意的微笑。

正当我们在会议室讨论的时候，忽然间，外面的灯一盏接一盏亮了起来。大家还没搞懂怎么回事，就见指挥部的楼下已经密密麻麻地聚满了人。他们有的披着大衣，有的裹着棉被，还有的拎着酒瓶子，甚至有人光着膀子。众人似乎都忘记了寒冷，全部都高声叫喊着：

"算我一个！我也是冷湖人！"

"加上我吧，我家在格尔木！"

"西宁人行不行？我西宁人！"

"沈博士，我们是兰州大学的！"

"敦煌人集体请命出征喽！"

"我来自玉树州……""俺家果洛的……""俺们都是青海人，让俺们去吧！"

空旷的戈壁就像是一张牦牛皮做的毯子，它坚实的一角，被这似火的热情点燃。就连天上洒出冷光的银月，仿佛都畏惧了这呐喊，而不敢露出半点锋芒。

刚才怒怼我的那名魁梧的工程师，此时也站了起来，他攥紧了拳头挥舞着，用他洪亮的声音说："沈峰博士，我收回刚才的话，我们冷湖人的字典里从来就没有'不敢'，就怕没有路。现在你给我们指了路，我啊，铁定走！"

姜剑云缓缓地从椅子上站起来，双手撑着桌面，扫视着眼前发生的一切。

他看着众人，用坚决的口吻下达了命令。

"我批准。但是所有的责任不是由你们，而是由我来承担。"

夜，就在这果决的命令之中结束了。我拿起桌子上的保温杯，拧开，一扬脖喝尽了里面最后一滴水。

两天之后，在冷湖新基地的广场上，两千多人站在寒风之中等待着传真任务的开始。

而在经过我和技术团队详细研究之后，最终选取了五个方向作为此次发射的目标。它们分别是：半人马座 α 星，距离地球四点二光年；鲸鱼座 t 星，距离地球十二光年；天琴座 α 星，距离地球八十五光年；飞马座 HD209458b 星，距离地球一百五十光年；船尾座 M93 星团，距离地球三千六百光年。

这五个方向上的星系里，都有可能存在供人类生存的行星。但即使是这样，等我们的传真信号到达那里的时候，也已经很久过去了。这两千人就要用自己的生命来开垦人类的新宇宙。

我和老匡选择了最远的那个地方，船尾座 M93 星团。老匡在选的时候笑着对我说，咱们就要变得长生不老啦！

是啊，等我们真正到达那里的时候，地球上也已经过去了三千多年了。看来我们得带着人类的希望，好好睡上一觉了。

姜剑云在发射之前，特地领着我和老匡去了一趟冷湖旧镇。我们见到了为那些曾经开垦过这里的人而竖起的纪念碑。其实，历史上冷湖是没有建制的，蛮荒的地域只有一个地名而已。只是因为这里有了冷湖人，才得以名扬天下。

然而现在，我们这些新冷湖人和旧冷湖人就要带着这份冷湖精神去开垦宇宙了。没有任何遗憾，也没有任何留恋，只有那远去的星光会让世人见证这份不屈的荣耀。

◆第31届银河奖最佳短篇小说奖获奖作品

涂色世界

慕 明

现在，正如你已看见，我来到此地，带着船只和伙伴，踏破暗酒色的大海，前往忒墨塞，人操异乡方言的邦域。

1

十一岁时，我第一次读《奥德赛》。雅典娜化身为门忒斯，向奥德赛的儿子忒勒马科斯传递父亲已经从特洛伊返乡的消息。在塞缪尔·巴特勒翻译的古雅诗节中，有许多拗口的古希腊人名和陌生的词语变格，但我的注意力一下就被那个词抓住了。

"什么是暗酒色？"我问妈妈。

妈妈眨了眨眼："你认为呢？"

"我觉得这是荷马的比喻。"我记起阅读课上的修辞知识，"大海是蓝色的，不是吗？"

"荷马是个盲诗人。"妈妈叹了口气，"大海也不总是蓝色的。在古希腊语中，甚至没有蓝色这个词。你还记得长岛的海滩吗？夕阳下的大西洋，是什么样子？"

我试图回忆暑假时在海边骑车时的景象。天空呈现出和水面相似的青蓝色，靠近海面的部分则被染成了葡萄和玛瑙的颜色。太阳落下的地方，乳白色的云块筑成了众神居住的神殿，绯红与金黄的光带像流泻的天河，倾入渐渐深沉的大海。

我喜欢暑假。在那几个月里，耳边响着的，只有海鸥的鸣叫和海风的低吟，而不是班上同学在我面前故意的窃窃私语。

我并不是真的讨厌古老的诗行，或是画板上的油彩。在我更小的时候，我曾经坐在儿童车里，看着妈妈沉醉地画画——她常常忘记时间，直到我哭起来。可是在十一岁时我已经明白，生活并不是由色彩和诗句组成的，就像是脆弱的琉璃筑成的幻境，在碎裂的时候，只会把人扎得生疼，让我不得不面对真实。

我是从亲身经历里认识到这一点的。

"我不懂什么是暗酒色。"我耸了耸肩。

妈妈沉默了一会儿。"荷马也用这个词形容过公牛。在《伊利亚特》中，'像两头暗酒色的犍牛，齐心合力，拉着制合坚固的犁具，翻着一片休耕的土地……'"

"噢，好了，妈妈。"我打断她，"承认自己不知道也没什么。说真的，你就是说荷马植入了视网膜调整镜也没人在乎。反正只有我没有。"

妈妈合上了书："艾米，我希望你能至少读完……"

"算了吧，妈妈。为什么我就不能像其他同学那样有个调整镜？"

"可是你还小……"

"所以你就宁愿去理解那个盲诗人，也不愿意听听我是怎么想的吗？你根本就不知道！"

妈妈懂得五种古代语言，能够背诵整节的史诗，熟悉已经死去的词汇的微妙用法，可是没有一种语言，能描绘现在这个世界。

我并不明白她为什么那么抗拒调整镜。她总是让我感到格格不入，我甚至不敢邀请同学们来家做客。没有调整镜已经让我与众不同，而壁炉上方那幅古怪的油画，肯定会让我看起来更像个怪妈妈的怪女儿。

《暴风雪中的汽船》让我觉得，也许那个叫作透纳的古代画家，像荷马一样，是在失去视力之后才画这幅画的。

黯淡沉闷的色彩，看不清轮廓的粗糙笔触，就像我那时的生活一样。

"书呆子，嘿！"

我的胳膊肘被重重地撞了一下，铅笔掉在了地上。等捡起铅笔，黑板上的字迹已经被擦得乱七八糟。

"拜托，别……"

撞我的男孩把黑板擦甩过来，"砰"的一声打在我的桌角，升腾起一阵呛人的烟雾。"书呆子，看不清？"

"我的视力没问题……"

"你连蓝色和绿色都分不清！"他居高临下地看着我。

"我只是没有调整镜……"我争辩着，"我分得清，只是需要久一点儿……"

"得了吧，你还是像你妈妈那样，戴上那种老式眼镜比较合适，跟你的模样也挺配。"男孩用手指在眼眶边比出两个圈，漂亮的绿色眼眸里满是嘲笑，"就像只丑青蛙。"

"别说了！"我再也忍不住，捡起黑板擦扔向他。可是我的力气太小，他轻而易举地躲开了，连一丝粉尘都没有粘上。

"好了，我们该走了。"安吉拉轻巧地迈过黑板擦。男孩吐了吐舌头，帮她拿过书包。

我望着安吉拉。冬日的夕阳下，她的金色头发闪闪发光，映衬着白皙得几乎透明的耳朵。即使在调整镜外，她也是这么漂亮，也难怪他们都喜欢她。她回头冲我一笑，笑容那么甜美无邪，像油画中的少女。

可是她夸张的嘴型分明在说："拜拜，青蛙。"

教室里只剩下我自己愣愣地盯着笔记本上抄写的修辞知识。我的成绩很好，即使我有时看不清楚黑板上的字迹，需要在下课后补抄。可是那真的有意义吗？那些妈妈希望我专注的东西，那些看似美好的东西，正在伤害我。它们让我和其他人离得越来越远。我现在需要的，并不是它们。

我没有向妈妈说起过这些，现在，也许是时候改变了。

我慢慢地撕下笔记上未写完的那一页，又一点点撕得粉碎。

2

十二岁，妈妈终于同意我接受视网膜调整镜的植入手术。那一天我醒得很早，在黑暗中，我打开衣柜，感受着轻薄的蕾丝和柔滑的缎带划过指尖，想象着在植入之后，那些一成不变的套装裙子将呈现出怎样的缤纷色彩。最终，我选择了一件象牙白色的针织溜冰裙，裙背的开口恰好能露出纤细的颈背曲线。最重要的是，调整镜的色彩滤镜效果在白色底色上能得到最完美的呈现。

"别害怕，只是个小手术。"爸爸握着我的手，我能感到他手心的汗湿。

"好了好了，爸爸。只是让我变得'正常'一点儿的小手术嘛。"我撒娇地说，故意不去看妈妈。她站在角落里，穿着她经常穿的那件灰色兔毛大衣，脸上涂了过多的粉底，苍白得像个假人。她总是把自己裹在黯淡的颜色里，就像她的书和她的画，都蒙了一层古老的雾。

"这里。"医生指着一个呈现纵向切面的眼球模型，透明的玻璃体像个水晶球，占据了眼球五分之四的体积，在后端附着的那片金色薄膜，就是视网膜。

"视网膜调整镜的原理其实并不复杂。我们知道，视网膜是由对光敏感的视杆细胞和对颜色敏感的三种视锥细胞组成的。在古代，当人们在没有月光的漆黑夜里穿越丛林的时候，人眼的视杆细胞能够捕捉单独的光子，并排除周围其他细胞的干扰把它放大；而当来到一片日光明媚的夏日海滩时，人眼对颜色敏感的视锥细胞很快便能够适应强烈的日照。最新的视网膜调整镜，是将生物微电极阵列制成的芯片，植入视网膜神经感觉上皮和色素上皮之间的区域，辅助视杆和视锥细胞感受光照和分辨颜色，直接利用视网膜本身的编码和解码机制来将电信号转化成视觉。它依然利用了你自身的'镜头'，就像是为数码相机换一块感光器件一样。"

"但是它比我自己的'镜头'可厉害多了。"我抢着说，想要卖弄一下早就从同学那里听到过的东西，"它可以呈现更多的视觉细节，也可以自动调整视觉成像的明暗、色彩范围。我再也不会看不清楚黑板上的字迹了。"

"可是你也许再也摘不下来了。"妈妈摇摇头，"艾米，再想想，这不是传统的眼镜，这可能是你的新眼睛……"

"所以我才不愿意一直当盲人！"我的眼前，安吉拉那夸张的嘴型时隐时现。青蛙！青蛙！

"对于安全性您大可放心。现在已经不是三十年前了。视觉系统的增强技术已经相当成熟。"医生的声音十分平缓，显然已经见多了这样的对话，"事实上，大多数孩子在更小的时候就已经接受了植入。这就像曾经的最新款手机、最热门的社交软件，再加上最流行的服饰的集成体，人们是无法抗拒的。我们当然不能只从商业的角度考虑问题，但是可以预见，植入调整镜人群才是未来的主流。"

"现在已经是了！班上的每个人都在用。调整镜还可以设置滤镜共享——只需要同步频率。"我从爸爸的手中抽回自己的手，凝视着手腕内侧。我知道，在植入后，那里就会亮起一个微小的光点。

"没错，通过可编程接口，调整镜可以对电信号进行实时编码。"医生点点头，"某种程度上讲，它能为你展现无数个新的世界，并且可以与别人分享。"

"是啊，简直太棒了。"我故意说得很大声。也许妈妈可以在那间昏暗的书房里逃避现实，但是我不想。她不知道孩子们的世界是多么残酷又是多么精彩。也许她根本就不在乎。

而这个世界终将属于我们。

"医生，我想跟你单独谈几句。"妈妈忽然开口。

我不知道妈妈和医生说了什么。只有爸爸陪在我旁边，我们谁都没有说话。直到医生返回手术室他才离开。医生开始在手术操作系统上输入调整参数。麻醉师为我注射了麻醉剂，眼部一阵冰凉之后，眼前是无知无觉的黑暗。我知道，手术马上就要开始了。

"医生，大人……也可以植入视网膜调整镜吗？"

"技术上可行，不过成年人的术后适应往往不如未成年人。"医生的声音显得有些遥远，"而且，目前的技术并不支持某些特殊的情况。比如有些人的排异反应过于强烈，比如……"

我并没有听完医生的话。无可抵挡的睡意已经袭来。在黑甜的梦境中，纷呈的异彩正在等待着我。

"嗨，安吉拉。"我鼓起勇气，朝着迎面走来的女孩招招手。她浅粉色的裙子上装饰有淡绿色的缎带蝴蝶结，像一支初绽的郁金香。"喜欢你的粉裙子。"

"哦？"她扬起淡金色的眉毛，"你终于也有那个了？"

"嗯。"我若无其事地理了理裙摆。深蓝色的裙子上有星光流转，搭配浅栗色的头发，而非和妈妈一样的黑色。手腕内侧，调整镜的同步信号闪着微弱的绿光。我知道，在她的眼里，我一定和以往大不相同。

"还不错。你知道吗？以前，我们都觉得，你这儿有点儿问题……"

她歪着头，指了指眼睛。

"当然不是！我只是……我只是没有调整镜而已！"我连忙说，"不过，现在不同了，再也不同了。我和你们一样。"

"不，还差一点儿。"她眯着眼睛笑了。

"哪一点儿？"

"我们不把这叫作粉色。这是荆棘鸟滤镜套组里的玫瑰灰烬。玫瑰灰烬，又温柔，又残酷。同样，你的裙子也不是蓝色，在调整镜里，那叫作皇家午夜。就是那种忧郁的感觉。"

"哦……"

我忽然意识到，调整镜改变的，不仅仅是物体的色彩或者明暗本身。它也改变了描述这个世界的语言。

而语言……我模模糊糊地想起妈妈曾经讲过的睡前故事。无论是童话故事里的魔咒，还是希腊神话中的预言，似乎都拥有可以改变一切的神奇力量。

那都是骗小孩子的。一个声音在心里说。我眨了眨眼，想要拂去那些飘忽不定的思绪——其实那完全没有必要，调整镜会保证视野的绝对清晰。

"嗯，玫瑰灰烬。"我点点头，"我懂了。想要试试我的皇家午夜吗？我想，它会很衬你的发色。"

3

后来，我读了"人机交互"专业。大学毕业后，我加入了一家为视网膜调整镜编制滤镜插件的初创公司。如今，人体改造技术已经成了最炙手可热的领域。植入了"RFID"芯片的人们再也不用担心忘记带钥匙或者钱包，3D 打印的心脏、肺和肾则大大缓解了器官移植供应的压力。

生物黑客成了每个年轻人的理想职业，不过，最吸引我的，仍然是调整镜的相关技术。视觉是我们与外部世界建立关联最重要的渠道。我不会忘记在那场手术之前，我曾经被大家排除在外。

几乎已经没有人再抗拒人体的硬件升级，除了妈妈。

她曾经委婉地提出希望我在文学或者艺术领域继续深造，但是，当爸爸出差时因为车祸去世之后，我就从家里搬进了自己租的小公寓。她再也不能要求我什么了。

事实上，自从上了中学，我和妈妈的话就渐渐少了。

调整镜固然是重要的原因。十年来，随着技术的不断升级，调整镜所能呈现的视觉效果早已超出了人类的固有经验，只有使用来源于调整镜本身的语言，才能传达准确的含义。我很难与妈妈分享什么是"超空三号"，那是一个类似于在大气层中不断上升的光线渐变渲染，由淡蓝、深蓝、紫色、紫黑逐渐变成深沉的黑色丝绒，夹杂着许多难以形容的纤细光丝，那是我最喜欢的睡眠环境。我也没办法向她讲述我第一次暗恋的那个男孩儿，他的眼睛里有真正的黑洞，星星在瞳孔边缘纷纷坠落——那是最新款的芯片才能达到的效果。

与此同时，各种基于传统人眼感知原理的显示器，也进行了针对调整镜的更新换代。如今我们看到的，不再是前信息时代那种可以看见边缘锯齿的粗糙图像，而是与调整镜算法相融合的超写实成像。这跟前信息时代的 3D 成像有点儿类似，但是更为生动。事实上，如果不是显示器强制性的边框限制，我们已经很难分清显示器内外的世界。

但是妈妈拒绝这一切。在某种程度上，我觉得是她的态度，而非调整镜本身，造成了我们之间微妙的沉默。她甚至不使用电子阅读器或者非侵入式的增强现实眼镜，而是埋首于那些日益暗沉的古代典籍和艺术作品中。

我知道，在我离家上学之后，她又重新拾起了年轻时的爱好：画画。

我曾经看过她的作品，老式的静物、风景，乏善可陈。凝固的油彩，并没有调整镜下的光线灵动飘逸。

"怎么样？"她期待地看着我，像个等着被夸奖的小女孩。

"唔……不错。"我努力让自己的话听起来真诚一点儿，"不过说真的，妈，你就不能试试……"

"艾米，我真希望你关掉那玩意儿，用自己的眼睛去看，用自己的语言去说。"她从老式的玳瑁眼镜上边缘盯着我，声音干巴巴的，"妈妈毕竟是过来人，要记住，你眼中的颜色……"

"'黑色并不总是黑色，白色并不总是白色……'好了，好了，难道这就是你在葬礼上也穿着一件灰衣服的理由吗？"我忽然提高了声音，某种存在已久的情绪裹挟着词语，破口而出，"妈，我已经长大了，而你却止步不前。你要知道，在这个时代，年龄不是你的资本，体验才是。"

"那些一模一样的人造体验？"妈妈绞着双手，"艾米，你忘了你曾经是个多么特别的孩子，还记得……"

"不，我并不特别。那些只是你想要强加于我的东西。我从来就没喜欢过那些古典文学、那些油画。"我背对她，不想看她的眼睛，"我只想做个正常人。"

"艾米……"她停住了，声音里有抑制不住的惊讶和失落。我听得出。

"我早就不是孩子了。"我强迫自己一口气说下去，生怕因为泛起的丝丝歉疚而停顿，"现在我看到的、懂得的，都比你多得多。别再用那些故作神秘的陈词滥调约束自己，也约束我。出去看看这个前所未有的时代吧！"

她终于不再说话。有那么一瞬间，我似乎听见了强忍住的哽咽。

我转身走出了光线黯淡的老屋。外面正淅淅沥沥地下着小雨。我调出了特瑞尔七号的全景模式，那是天空中维纳斯带的视效模拟，阴沉的天色在温暖的二次瑞利散射光下变得柔和。我深深呼了一口气，疯狂跳动的心，渐渐平缓下来。

对不起，妈妈。但是我已经长大了。

4

爸爸的葬礼也是那样一个雨天，我还记得冰凉的雨水顺着黑色的呢子外套滴答落下。牧师在十字架顶端渲染出一对流光溢彩的小天使，在雨雾中撑起拱形光环，虚明如镜的光晕中央，是熟悉得让我心碎的投影。我告诉自己，爸爸会在那光芒中，永远照看着我，就像很久以前拉着我的手一样。

可是在我身边，妈妈无法理解那些。依然是过厚的粉底，古董似的毛衣。她看不见，也听不懂什么是"天国的三种光冕"。她只能透过被雨淋湿的眼镜片，望向那片只属于她一个人的灰白天空。

在牧师的致辞之间，我听得到人们的窃窃私语。我熟悉那种刻意压低的声音，也熟悉目光相接时，那种略不自然的回避眼神。成年人的游戏规则变得隐秘，但我明白那些体贴的微笑和言语背后，究竟隐藏着什么。理智告诉我，在葬礼上也许不该想到这些，但是理智从来无法抑制情感。

如今再没有人为我挡住生活的风风雨雨。至于妈妈，我不能指望她。

"请节哀。"马克与我握手，他的西装泛着黑曜石的色泽，笔挺而庄重，像我每次见到他时那样得体。我和他刚刚开始约会，本没想到他会来。

他握住我的手，凑近我的耳边："你辛苦了。"

"还好。谢谢你。"他手心的温度，让我好受了些。

"我的意思是，我不知道……"他费力地寻找着合适的词语，"你母亲原来……你家可真是特别。"

我的手僵住了。

"不是这样的，只有她……"

我想要争辩什么，但是他陌生的同情眼神忽然让我明白，我曾经挣扎着想要摆脱的东西，仍然像个拽住我的泥坑。

"我们都很特别。孩子。"妈妈转过头，眼镜片上的水滴淋漓，声音大得让我羞耻，"艾米，你，我。我们每一个人都是。别那么相信你那镜片里的……"

"别说了，妈。求你停下。"

马克耸了耸肩，离开了。只剩下我不得不强作镇定，应付剩下的客人。妈妈依然漠然地坐在一边。她本来就没多少朋友。

我不知道她是否真的在乎爸爸的离去，是否真的在乎我的想法。在那之后，我几乎完全放弃了。我的房间门常常紧闭，也不再会跟妈妈闲聊。我们的语言交集越来越小。不久之后，我就搬离了家。

不，妈妈。我也许无法改变你的想法，但我不想变成你的样子。

5

当技术革新改变了描述这个世界的语言，它也永久地改变了我们看待世界的方式，哪怕脱离了技术本身，语言也已经深刻地塑造了人类的心灵。大学时的语言学课上，老师曾经讲过萨丕尔—沃尔夫假说。有些小说家曾经根据这个假说，畅想了学习外星语言能给我们带来的超级能力，但我觉得，这个想法的真正意义，在所有东西都快速迭代的今天，远比人们认为的要更现实。

"又得扩充语音助手的词汇表了。"比尔的即时信息在我的显示器上跳动，中断了我的回忆，"调整镜上周的用户数据已经发布，可能会增加七十多个高频新词。"

我回头，在格子间里寻找着那一团熟悉的银灰色乱发。比尔是公司的资深工程师，目前和我结对编程。

我知道，他的头发是实实在在的银灰色，而非调整镜的效果。"遗传。"在第一次见面时，他解释说。

"挺酷的。"我不想显得大惊小怪，"我也认识不用调整镜的人。"

"我还没那么酷。"他咧嘴一笑，乱草似的头发开始变成一根根纠结的微型彩虹。

"嗯……我觉得，我们应该重新思考一下词汇更新的流程。"我飞快地键入字符，"新词随着新视觉效果增加，旧词随着旧视觉效果被剔除，近三个月来我们已经更新了三次。太快了，也许。"

"你可能想计算一下加速度。"他加上一串数字，那是调整镜代码中的鬼脸编码，"咖啡间见？"

"有时我感到，事情在逐渐……失控。"我拆开一袋巧克力豆倒在纸盘里，"你也许听说过语言会导致思维的差异。"我拨弄着一颗颗彩色的小球，"而我们正在加速这一过程——"

我努力不去想妈妈的脸："想想看，调整镜已经渗入生活的方方面面，从电影院的屏幕到手机应用。而从广告标语到网络新闻，所有的语言都在尽力跟上调整镜中描绘的景象……要不了多久，不，就是现在，人们已经无法脱离调整镜和与它相关的一切进行思考交流。可是……可是那些没有调整镜的人该怎么办？"

"脱脂奶？纯奶？"

"喂，比尔，我说真的。"

"还是脱脂奶吧。"他耸耸肩，"没什么大不了的，艾米。人们创造了技术，技术也重新塑造了人类的心灵，从古至今，都这样。"

"可是至少不应该这么快……"

"有那么悲观？"他晃了晃起泡的牛奶，在咖啡上画出复杂的花样，"在面试时，你不是说调整镜，和所有的先进技术一样，能让人们联系得更紧密吗？分享你眼中的美妙世界——"

"也许我完全错了。"我有气无力地说，感到巧克力豆在温热的指尖渐渐变得黏稠，就像我的思绪。

比尔将拿铁递过来，表面的拉花是一张只有眼睛、没有嘴的脸。我的心里突然一阵抽搐，几乎无法直视那漂浮在褐色液体上的稠密奶泡。

"我曾经是个物理专业的学生。"他慢慢说道，"直到现在也还相信以理智追求物质世界的真相。但是我明白，如果只是依赖牛顿光学的颜色理论进行数学抽象，我们永远也无法理解，当古希腊人站在海滨，眺望着暗酒色的大海伸向遥远的天际线时，他们看到了什么。"

"他们到底看到了什么？"一颗巧克力豆在我的指尖四分五裂，我顾不得擦拭四处溅射的甜腻浆液，也忘记了之前的话题。我只想解开那个被遗忘了很久的谜。

"呃，我只是试了试刚发布的荷马之眼……"他显然没有预料到我的反应，"应用市场的第一个。"

盲诗人用词语为遥远的年代涂色，而那词语如今成了我窥视真相的眼睛。该如何描述我见到的？在古希腊人的眼中，这世上的每一种色彩依然清晰可辨，只是比起色盘上的差异，他们的目光更多地聚焦在明暗的程度上。暗酒色描述的不只是红与蓝的中间色，而是一种明亮与运动的混合，随着不同季节和一天中不同时辰的光线状况而变，那是最能捕获古希腊人感受的特征。人们依然能感受到最细微的颜色差别，但他们并不在意。和夕阳下波光粼粼的海面，以及浸润了汗水、闪闪发亮的公牛躯体一样，我感知到的，是在纸杯中荡漾闪烁的甘醇液体。

"难以置信……通过词语反向构造……这是……用古希腊人的眼睛去

感受这个世界。"

某种程度上来说，这项算法的设计不但考虑了客观世界的真相，也反映了物质世界对于古代人类心灵的启示。而这，全都来源于语言。

萨丕尔—沃尔夫假说并不是故事的全部，语言并没有阻断我们的视野，也没有让我们丧失思考的能力，它只是为我们带上了一副眼镜。

我切断了调整镜的信号。我有多久没这么干了？我试图回忆起那些古老的形容词，或者说，试图忘记调整镜赋予的新词汇。"你得学会摘下眼镜，才能戴上另一副……你得暂时忘掉母语，才能更好地学会外语——"妈妈严厉的目光挂在玳瑁镜框上。

"艾米？你还好吗？"比尔的声音听起来很遥远，"真没想到，绿色也挺适合你的。"

我的心跳忽然漏了一拍。

很久以来，我的衣柜都是由黑白深蓝组成的，不管是在调整镜内还是外。我不喜欢绿色。那让我想起某种滑腻的两栖动物，以及那些曾经刺痛过我的眼神。

6

"妈，我想问你一件事……"

我盯着刚刚发出的语音讯息，犹豫良久，还是按下了"取消"。也许她会听到一句没说完的话，也许她会看到一条发送又撤回的消息。我不知道她会怎么想，我们都清楚，我早已不习惯向她寻求帮助。

可我又该怎么办呢？

单身公寓里一片狼藉。地板上散落着吃剩一半的外卖餐盒，没洗的衣服揉成一团，工作台的曲面屏幕上，显示着环形的孟塞尔比色图和带状的可见光光谱。

我的手边堆满了打印出来的资料，德谟克利特对于颜色的论述，道尔顿的《论色盲》，还有马克·罗斯科那些只有大幅色块的抽象绘画。

然而没有任何资料能告诉我，我看见的颜色，到底是不是别人眼中的颜色。

我到底是不是一个——色盲？

这听起来不可思议，但又完全可能。在模糊不清的记忆里，妈妈指着晴朗的天空说那是蓝色，指着花园中的嫩叶说那是绿色——通过学习，我能对应颜色和词汇符号，但是，假如我眼中的视锥细胞与常人的位置不同，通常意义上的"蓝色"波长的光波在我眼中引起的，实际上是常人眼中的"绿色"的神经信号，我会发现吗？

我会认为"蓝"就是那么"绿"。我学会了将语言符号与某种特定感知对应，却没有意识到，符号所指的可能并不是一种物理属性，而是一种心灵表象。我永远无法知道别人眼中的世界是什么模样。

这就像一台计算机，我的眼睛是输入端，大脑是个黑匣子，而嘴巴是输出端。当别人接受绿色信号、产生绿色感应、说出"绿色"时，我学习到的，是接受绿色的信号，产生"蓝色"感应，却同样说出"绿色"。我无法意识到自己的特异，我特殊的地方不只在于眼睛本身，更在于对外在刺激的内化。我的心灵！

"你连蓝色和绿色都分不清。"

"青蛙，青蛙。"

儿时的记忆碎片涌入脑海。以前我一直以为，那是因为我没有调整镜，所以不能像别人一样迅速地分辨细微色差。但事实可能比那更严重。

调整镜让我看到的，是别人眼中的景象。我熟练地运用着那些词语，自以为融入了那个"正常"的世界。但那并不真的属于我。我想起了妈妈总是说我特别。她一定早就知道。

可是，她为什么从未告诉过我？

我终究不是个"正常人"吗？

我忽然想起公司用户论坛上的那个请求。有用户抱怨我们为某款增强视觉游戏设计的新界面不够友好。

"我喜欢这个游戏，不过我看不清敌人的发光轮廓。一切看起来都一样。"

那个帖子并没有多少人关注。寥寥的几条回复中，有人说："新界面没问题。你是色盲吧。没有调整镜就别玩。"

那个帖子的主人显然情绪激动："去你的调整镜，因为交通信号灯的升级，我现在开不了车，连我最爱的游戏都要被你们毁了吗？这不是我的错。"

最初我没在意，只是把那个请求标记为"不予处理"。每天收到的用户反馈和要求成百上千，而我们只会挑选那些最重要的处理。

最重要，等于影响人数最多，可能产生的效益最大。像这样的特例，通常并不在我们的考虑范围之内。

但是现在，我盯着那个用户的注册地址，心脏像被人狠狠打了一拳，一种钝感的疼痛几乎要让我呕吐。

那个国家，正是爸爸车祸去世的地方。

爸爸和妈妈一样，一直没有植入调整镜。他开车一向小心。我本以为，是上天的残忍带走了他，我从来没有想过，也许是因为，他也像那个用户一样，被我，被某些人，当作了一个"不予处理"的特例。

也许，我本来可以看到他眼中的世界，至少……接近他。他的基因仍然存在于我的每一个细胞里，我的眼睛，和他有着同样的颜色。爸爸眼中的一切是什么模样？我可曾听他说过？

古希腊人的词语犹可让我一窥古老的过往，但我忘记了身边的声音，那些本来也属于我的声音。

也许我本来可以阻止那件事发生。

不……

几乎被愧疚吞噬的我，切断了调整镜的信号，再接通，再切断。电位的频繁变化中，眼前的一切似乎变了，又似乎没变。但是究竟什么才是真实的？那个多数人的世界，真的更好吗？

突然，我的眼前一片浑浊，随之而来的是越来越严重的头晕。我吓了一跳，赶忙闭上眼睛。我听得见自己的喃喃低语，安慰着自己这只是幻觉，再用僵直的指关节敲了敲自己的太阳穴，然后睁开眼睛期待光明——还是没用。

所有的颜色都消失了。黑暗包围了我。

难道就这么瞎了吗？

从未有过的恐惧中，我终于体会到了什么叫作度日如年——甚至度秒如年，我几乎已经看到了那个倒在地上后被人送去医院、躺在病床上虚弱无助的自己。滤镜、调整镜、色盲、视觉异常……纷乱的词语在我的脑中回旋，然而在真正的黑暗面前，什么都了无意义。

> 我怎么还未到生命的中途，
> 就已耗尽光明，走上这黑暗的，茫茫的世路。[1]

如今还会有盲诗人吗？在失去意识前，我又莫名地想起荷马。

---

[1] 选自弥尔顿《哀失明》。

7

"艾米……你听得到吗？艾米……"

黑暗中似乎有遥远的呼唤。一只冰凉的手轻轻放在我滚烫的前额上，又移开了。

我很久没有像现在这样渴望那个声音、那种触感——像是渴望黑暗中的一道光。

"妈妈……"

"别怕。"她紧紧握住我的手，"没事的，你只是因为眼压不稳导致的短时失明。"

我战战兢兢地睁开眼睛。四周渐渐亮起来。

而我的视野因为泪水，再次模糊了。

"我不知道……爸爸……我……"我泣不成声，"为什么……不告诉我？"

"你是多么害怕自己的特别啊，孩子。所有人都害怕。我也曾经害怕过。"妈妈叹息道，"我只是想保护你，不过，我错了。"

我惊讶地抬起头，难道妈妈也……

镜框后，她疲惫的眼睛闪着光。

"我们每个人都很特别，但又没那么特别。"妈妈将我的头发拢到耳后，"妈妈也是花了很长时间，才明白了这一点。"

她为我戴上了一副耳机。

"现在你的眼睛还需要休息。闭上眼睛吧，孩子。用耳朵去听。"

我颤抖着重新躺下，耳机里传来妈妈的朗读声，就像很多年前，她在我床前朗读童话和传奇一样。不过，和过去的夜晚不同，这次的故事，让我的呼吸渐渐急促，内心翻江倒海，我时而忍俊不禁，时而泪水涟涟，像是盲诗人的第一批听众。

那是妈妈的日记。

2024 年 1 月 25 日

今天我在滑雪场遇见了乔。我几乎是一下子就被他的眼睛吸引住了。浅淡的冰蓝色，里面还有那么多不同层次的绿色、丁香色、青金石色……怎么可能有这么漂亮的眼睛？我呆若木鸡的样子，在他眼里一定很可笑。

不过我很快发现，他可能是个色盲。他的滑雪服是我见过的最丑的绿色，像一个放了半年的牛油果，还掺杂有脏兮兮的土橘色，我在他面前忍不住咯咯笑个不停，搞得他莫名其妙。看来我以后必须帮他打理衣橱……不过，至少现在，我不用担心别的姑娘会在雪道上跟他搭讪了。

2028 年 5 月 30 日

谢天谢地，最后一批花总算在婚礼前送到了。白色的芍药，早上刚刚从费尔班克斯的农场里采摘下来。我的手捧花是含苞待放的白色栀子花。白色的蜡烛，白色的蕾丝桌布……白色，白色，全是白色。

乔小心翼翼地问我，真的不用别的颜色吗？哎，我该怎么向他描述呢，他总是看不见，白色不是白色。就像我见到他的那天，雪地的颜色一样。我让他想象蛋白石的样子，在半透明的白色石头上有比红宝石更柔和的光彩、紫水晶的绚丽紫色，以及祖母绿的绿色之海，所有闪闪发亮的元素汇聚在一起，就像普林尼说的那样，像硫黄燃烧的火焰，可与画师最深最广最丰富的色彩媲美。那就是我的白色。

他像往常一样，不知道我在讲什么，却还是频频点头。好像看见了，就像……他装作听懂的样子，一脸严肃地搜肠刮肚，想要找一个形容词，让我不得不去吻他的唇。

就像我爱你的样子。

2030 年 11 月 1 日

艾米来到了人间。第一眼看到裹在襁褓里的小小的她，我竟然不相信那是我的女儿。

她不像我。我的皮肤是浅橄榄色的，可她是那么苍白，透出细小的血管，像奶油覆盖的蓝莓。她的颜色不对。我一遍遍对护士重复，她们费了好大力气才听懂我在说什么，又再三保证，让我平静下来。我知道这蠢透了，她并不一定要跟我的皮肤色调一致，但我还是忍不住这么想。

颜色对我来讲是如此特别。我早就知道，并不是所有人都能像我一样，看到这么多种颜色。从七岁起，我就是美术课上最特别的孩子。我画得其实并不好，但是所有人都说那些画一看就是我画的——别人画不出来那种颜色。而我只是将眼中所见的百分之一画出来了而已。

我希望艾米也能像我一样。如果她也是个"正常人"，她的世界将是多么平庸乏味啊！

2035 年 7 月 6 日

乔真令我郁闷。他不小心将一块苹果掉在地板上，却无法分辨苹果块与木地板的边界。而对于我，那醒目得像块青柠色的火腿，难以置信他竟然看不见。

为了这个，我差点儿和他吵了起来，我不知道自己是怎么了……听说有一种视网膜调整镜技术正在实验，也许至少可以让乔成为"正常人"？

我开始在画画时把艾米放在一边，让她学着看。尽管有点儿早，但是塞尚和莫奈的颜色是那么丰富而生动，我希望她能够早点儿发现颜色的魅力。

不过，目前看来一无所获。

2037 年 9 月 2 日

我不知道该说什么。艾米抱怨，看不清楚老师在墨绿色黑板上用蓝色粉笔写下的数字。我忽然有种可怕的预感。

我让她识别印象派作品中的细微色差。她看不出来。

艾米无法完全分辨蓝色与绿色。与乔的红绿色盲相比，这并不算严重，但是，也远远算不上"正常"。更不要说，像我一样。

艾米。在她诞生的那一天，我就抱有的希望，如今变成了巨大的讽刺。

我和乔激烈地讨论，到底要不要给艾米植入调整镜。我简直无法想象女儿在一个色彩缺失的世界里生活，但是乔说，并没有那么可怕。他并不觉得自己比我少了哪些生活的乐趣。

那是你没体会过，我试图解释。想想看，看到一个完全不同的世界，更丰富、更清晰、更生动，充满了难以穷尽的可能性。一旦看到这样的场景，你将无法忍受之前的一切。

不，亲爱的！我也看到过你从未看到的东西。他微笑着说。拉格朗日力学可以让你对整个世界的存在产生新的看法。一旦理解了那些公式和符号的语言，你会觉得这个宇宙和谐得可怕，也脆弱得可怕，人们的喜怒哀乐、生老病死都无意义……但是这并不妨碍我听你讲述那些我永远看不见的美妙景象，去感受艾米躺在我臂弯里的温度。

语言也是一副眼镜。我记得他说，它可以让我们看到往常看不见的东西。但是何时戴上，何时摘下，需要我们自己的选择。

我们决定再过几年，把选择权交给艾米自己，她需要做出自己的选择。在此之前，尽量不让她感受到自己的异常。我的特殊或许能带来赞许，但是艾米的特殊不是。

我和艾米的老师通了电话。

2043 年 4 月 12 日

我的朋友并不多。在以前，和女伴们聚会时，我就常常因为被那些令人屏住呼吸的色泽吸引了目光，而显得格格不入。我记得，她们抱怨说，不得不重复喊我的名字，才能把我从无休无止的凝视中拉回来。

也许只有乔能忍受我。谢天谢地。

我曾经希望艾米在植入调整镜后，能看到和我一样的景象，体味到那些幽微的感触，但是我错了。我能感受到她在一点点离我远去。她不再阅读我钟爱的那些书籍。我听不懂她那些时髦的用词，就像她也听不懂我的话语一样。

乔不会要求我去学习拉格朗日力学。我又能要求艾米什么呢？

她宁愿凝视着虚无，也不愿意和我一起画画、看画了。我知道，在她的眼睛里的世界，是一个我所无法达到的地方。

今天我去咨询了成人植入调整镜的手术。在初步检查后，医生对我特殊的颜色感知很感兴趣，表示需要等待进一步的实验报告。

2043 年 4 月 20 日

四色视觉。我第一次听到这个词。

极其罕见，医生说。人只有三种视锥细胞，负责加工红色、绿色和蓝色，而四色视觉者眼睛里有第四种视锥细胞，还可以对其他颜色进行加工。这种状况通常是由单 X 染色体变异导致，发生在男性身上可能引起色盲症，而女性则多是四色视觉者。

相似的变异，让我和乔走上了不同的方向。他能看到的颜色，比正常人能看到的一百万种要少得多，而我却可以看见将近一亿种颜色。

由于双 X 染色体变异，艾米继承了糟糕的那种结果。

目前，四色视觉者无法接受调整镜的植入。我本身的视觉神经通路已经过于复杂，调整镜的算法无法整合。

我无法看见艾米的世界了。

也许是该放手了，她已经是个亭亭玉立的少女，粉红色的青春痘从她白皙的面颊上悄悄冒出来了。有了调整镜的修饰，她并不太在意。不像我，曾经为脸上的青春痘痛苦不已，它们是那么的触目惊心，直到现在，我也必须化妆之后再出门，皮下血管的青绿色、深紫色、酒红色，在我的眼中过于清晰了。

也许，她能看到的，是一个比我眼中的更好的世界。

2047 年 12 月 19 日

乔离开了我。

他躺在那里，紧闭着眼睛，脸色灰白。所有的颜色都消失了。红宝石，紫水晶，祖母绿。那是死亡的颜色。

甚至连黑色都太丰富了。我在黑色里能看见紫罗兰、深蓝、翡翠，那让我想起棕鸟的翎羽和太阳刚刚落下的大海。

而我的心是一把燃尽的灰。

2050 年 4 月 25 日

艾米马上要毕业了。她健康，聪明，自信，几乎完美。她也懂得照顾自己。有了调整镜，她的色觉感知"正常"了，我再也不用担心，她会像乔那样，在某个更新了调整镜交通信号的国家，看不清红绿路灯。

我已经老了。我们的时代已经过去，就像所有的世代一样。如今我只能从那些越来越陌生的词语里捕捉那些旧日的气息。它们像一个个沉睡在黑暗中的矿洞。

人也一样。近来我有个可怕的念头，为什么每个人喜欢的颜色都各不相同。

那一束束光线，在艾米和乔的眼中，是近似到乏味的色调，在我的眼中，则是令人屏息的异彩，在"正常"人的眼中，难道，就是一样的吗？

没有人知道。每个人都是个黑暗中的矿洞，每个人都是特别的。我们永远无法得知物质世界在不同的洞穴中映照出的影像。物理世界的真实，犹如一团无所定型的灰白色云雾，而使其凝结下来的，是每个人的心灵。人们的认知本身重塑了世界，也是某种意义上，我们所能认识到的，唯一的世界。

黑暗中的一个个洞穴冷漠而疏离，而将他们勉力联系在一起的，不是眼中所见，而是口中所言。人们无法定义个人心灵中的独特体验，但是可以为那些体验赋予统一的名字。我们就凭借着这些名字，在这个疯狂而混乱的世间相知相爱。多么神奇啊！即使荷马的暗酒色的时代早已逝去，即使乔的白色和我的白色完全不同，我们仍然可以分享一丝同样的感受。

艾米。我看着你飘得越来越远。我无能为力，也安然接受。我们都太注重看到的东西，忘记了倾听，也忘记了述说。爸爸懂得这一切，但是他已经离开了。

日记结束了。我紧闭的眼睛早已温热。

我明白了盲诗人的诗篇为何动人。

8

"现在，你看见弥漫的苍黄云层被闪电击穿，扰动了远方的天空。随着视角渐渐移动，从天上回到了人间，视线聚焦雷暴在云层下造成的破坏。你所驾驶的旋翼机就正处在雷鸣闪电间，机身因为强风上下摇摆……"

"什么是旋翼机？"杰克问道。在这些无法植入调整镜的客人中，他的年纪最大，却对沉浸式游戏或者影视最感兴趣。

"呃……"我一时语塞，不知道该如何解释这个常见词汇，"就是一种单人飞行器，造型精细，不过稳定性一般……"

"就像罗伯特·弗罗斯特写的，暴风雨中七歪八倒、叶残瓣破的花儿？"妈妈问道，她现在是我们这个小小的"心目"俱乐部的管理员、茶点供应人，也是第一位"观众"。每个周末，我们都会为他们举办一场特别的体验会。

"嗯……对。"我努力回想起那些诗句，以及它们在我心中留下的痕迹，"这个场景的数据模型来源于国际空间站拍摄的地球大气变化，不过……的确，这个场景想要表达的，就是类似的感受。"

我不确定这样的讲述到底会产生怎样的效果。这当然与调整镜中的视觉体验不同，我们的"观众"也并不多，但是，我知道有些人不惜乘车两三个小时，从郊区赶到这里；也有些人，会在我的讲述中，攥紧手中的茶杯，像握住过山车的扶手。

这对我也绝非易事。很多时候，我不得不关掉调整镜，甚至蒙上眼睛，去寻找合适的语言，向他们描述一个个从未体验过的世界。

他们说，我就是他们的眼睛。但是我知道，是他们，教会了我如何用自己的眼睛去观看。

"哎，其实就有点像那幅画。"比尔扬扬下巴。场景中，他正处于跟随视角，不过，他似乎对我长大的这间老屋更感兴趣。

我回过头，倒吸了一口气，那是《暴风雪中的汽船》。那幅妈妈喜欢的画！翻卷的旋风把海浪高高卷起，空气中夹杂着雪花和海雾，天地一片混沌。所有事物的形状消失了，所有的颜色都混杂在一起，但画家也有意在它们之间保持了细微的差别。虽然我无法细细辨识，但我现在知道，在妈妈的眼中，那是一种极其丰富、极其鲜明的壮丽景象。而那种超越了人们日常经验的大自然的壮阔和崇高之感，正是我在设计这个场景时想要达到的效果。

"透纳为了作画，曾经把自己绑在桅杆上，驶入暴风雪中的大海。"妈妈说，眼神飘得很远。

"就像《奥德赛》一样……"我和她异口同声，目光碰上，相视一笑。

这一刻，我觉得，我们的世界有着相同的颜色。

多加零

邓枫涛

一、大漠冰川

在干燥的荒漠中，在烈日的暴晒下，要完全融化一座冰山需要多久？

一周？一个月？或者是一年？

然而，杜嘉陵却整整等待了七年之久！在此之前，他还以为自己永远也等不到这一天了。

自从前天傍晚接到刘主任的电话后，杜嘉陵就一直神思恍惚，仿佛是在梦游一般。直到越野车开到了冰川区的边缘地带，一股霸道的寒流迎面袭来，直接穿透了车窗，扑打在众人的脸上。杜嘉陵浑身一阵激灵，瞬间清醒了过来。

坐在前排的刘主任打开了车载空调，从座位底下取出了一套提前准备好的羽绒服，递给了杜嘉陵。

"杜老先生，前面就到冰川区了，实验室附近的温度比外面要低了近二十摄氏度，您赶紧把衣服换上吧。"

杜嘉陵默默地换上了羽绒服。

透过车窗，可以看到道路的两旁，还有许多尚未消融的大冰块，大团大团地堆积在一望无垠的戈壁滩上。越野车仿佛刚刚穿过了一扇无形的时空之门，瞬间从大西北的戈壁开进了北极的皑皑冰原。

银灰色的公路好似一根纤细的钢针，直直地刺进了冰山里。在前天的电话里，刘主任说的是"冰川已经消融了"，但是从眼前的情形来看，冰川还没有真正融化，研究人员是从剩下的冰山里硬生生地凿出了一条通往实验室的道路。

越野车开进了冰川区，周围的空间立刻变得逼仄了许多，车辆仿佛是在一条漫长曲折的山洞中穿行，只是周围的山体全都如同水晶一般晶莹剔透，场景颇为壮美和梦幻。

越野车行驶了大约半个小时，周围的空间陡然变得宽敞了许多，冰山内部被挖空了一大块，放眼望去，眼前仿佛是一座冰雪砌成的大礼堂。

杜嘉陵估算了一下行程，估摸着他们应该已经到达了实验室的所在地，可是视线所及，依然只能看到透明的山体，看不到任何的人工建筑。杜嘉陵不解地问："刘主任，我们距离实验室大概还有多远？"

"我们刚刚穿过了大门，这里就是实验室了。根据我们的工作人员推算，当初事故发生时，实验室核心区域的温度至少低于零下二百二十摄氏度，几乎没有什么物体能够承受这样极致的低温，一旦冰块融化或是被凿开，这个区域内的物体基本上都会化为粉末。"

杜嘉陵心头不禁一阵颤抖："那凌博士他……"

"放心吧，老先生，我们的团队将整座中央观测室完整地保留下来了，这也是我们此行的目的，不是吗？所以，凌博士还好好地在观测室里，等待着我们的拜访呢。"

说话间，越野车已经到达了目的地。在绕过了一根粗壮的冰柱后，一个六米多高的方形冰块出现在了众人的面前。透过外面透明的冰层，可以看到被冻结在冰块里的中央观测室，观测室的正前方是一块透明的玻璃幕墙，可以大致清楚地看到观测室内部的构造，甚至隐约可以看到一个瘦弱的人影站在幕墙的后面，好似一幅抽象派的画作。

在场所有人的双眼都瞬间被泪水所打湿。

刘主任努力平复了一下情绪，解释道："为了避免破坏凌博士留下的信息，我们完整保留了整座中央观测室，并动用最先进的光学仪器和图像处理技术，尽全力还原观测室内部的场景。"

伴随着刘主任的讲解，杜嘉陵才发现在冰块的上、前、左、右四个方向，分别安置着几个微型摄像头，如同十几只好奇的眼睛，正在从不同的方向窥探观测室内部的情形。

在被冰封的观测室右侧，有一面大约三米高、五米宽的大屏幕，被嵌在冰墙里。刘主任从口袋里掏出了一个遥控器，按下了两个按键，大屏幕上随即亮起了一片淡淡的蓝光，然后缓缓显示出了中央观测室内部的场景。

经过了特殊的技术处理后，屏幕上的画面清晰得令人难以置信，厚厚的冰层所造成的影响几乎完全被剔除掉了。

众人仿佛受到了某种神圣的召唤，都缓缓走到大屏幕前，不约而同地仰起头，神情肃穆地注视着屏幕里的画面。

画面在缓慢地转动，细致入微地展示着观测室内部每个角落里的情况。屏幕里的每一帧画面，都已经纹丝不动地被封冻了七年，杜嘉陵此刻所看到的一切，和他当年逃离观测室时看到的没有太大的差别，唯一的变化就是原本被搁置在角落里的两面小黑板，被拉到了观测室正中间的位置，并排挨在一起，上面写满了潦草而又复杂的字符。

凌博士站在小黑板的前方，手里拿着一只记号笔，还保持着奋笔疾书的姿势，脸上带着一丝兴奋而又纯真的笑容。

凌博士天生一张看不出年龄的娃娃脸，在成名之初就被人起了一个"冻龄学神"的外号。如今，岁月当真在他的身上被永远冻结了。

他的模样，与二十二年前他们第一次见面时相比，基本上没有变化。也永远不会再有任何变化了。

"多加一个零，怎么会没有意义呢……"临分别时的话语，开始在杜嘉陵的脑海中反复回响，他的思绪瞬间被拉回到了七年前，那个让他永生难忘的秋天。

二、狂热游戏

最初认识的时候，凌博士还不是博士，只是一个精力旺盛的天才少年，那时他的名字还是凌峰。后来，在与老对头的论战中，杜嘉陵才意外得知，他曾经的头号明星粉丝给自己改了一个颇具武侠风的名字，叫作"凌绝顶"。

一个多么自大而又"中二"的名字！

改名这件事情，完全可以成为一个梗，好好加以利用。

可是应该怎么样利用呢？

从东南老家到大西北的冷湖镇，行程需要花费将近二十个小时，这一路上杜嘉陵几乎一分钟都没有休息过，他的大脑一直处在高度活跃的状态，思考着在见面之后，要怎样以奇妙、优雅、不动声色的方式将凌绝顶羞辱一番，好一雪前耻。

光是见面时可能出现的状况，以及相应的应对策略，杜嘉陵就设计了七种方案。

终于，汽车到达了目的地，可是没有看到"凌绝顶"的身影，在实验室门口迎接他的是两个陌生的年轻人。

杜嘉陵心头的怒火"噌噌"地直往上蹿。当初，要不是"凌绝顶"寄来的那封邀请函态度谦卑，言辞恳切，他不可能跨越万里来到这个荒凉的地方。

可是现在，他感觉自己再次受到了戏耍和轻慢。

"凌峰呢，那个小子怎么没来？"杜嘉陵从车上下来，面色不善地质问道。

两个年轻人显然没有料到杜嘉陵的态度会这么的不友好，十分惊讶地对视了一眼。其中一个瘦高个子的年轻人很快赔着笑脸迎了上来："凌博士在安排新的合成实验，最近忙得几乎连睡觉的时间都没有了。我是凌博士的助理刘继，这位是我的同事高灿，今天由我们俩陪您先参观一下我们的实验室，希望杜先生不要介意。"

杜嘉陵不置可否地冷哼了一声。两个年轻人赶忙推开大门，恭恭敬敬地将杜嘉陵迎进了实验室里。

绝顶实验室占地面积并不算很大，但是里面所使用的设备和材料都是最高规格的，地板、墙壁、天花板……处处一尘不染，干净得不像是在尘世。

两个年轻人很热情地领着杜嘉陵参观了实验室的各个区域，但是杜嘉陵始终显得心不在焉，兴奋的情绪退去后，疲惫便如浪潮一般汹涌袭来，将他层层包裹。

杜嘉陵此行最大的目的就是雪耻，但是那个给他带来莫大耻辱的人，他连面都没有见到，怎能不让人感到意兴索然？

"喂，凌峰他到底在什么地方？他大老远把我叫到这里来，自己却连面都不露一下，这样不太好吧？"从下午三点熬到了傍晚，从实验室的大厅参观到了后厨，杜嘉陵原本就不多的一点耐心终于被耗尽了。

一路都在热情讲解的刘继和高灿，终于闭上了嘴巴，两人神色古怪地对视了一眼，似乎是有什么秘密在隐瞒着杜嘉陵。

"怎么了？有什么问题吗？"

刘继迟疑了好一会儿："实话跟您说了吧，这次邀请您过来，其实不是凌博士的意思，而是我们两个的意思，凌博士他并不知情。"

"什么！"杜嘉陵双眉一竖，一下就跳了起来。

"您别生气，您千万别生气！我们这次请杜先生过来，其实是有很重要的事情想要请您帮忙。"

"是啊是啊。"高灿在一旁连连点头，附和道，"不夸张地说，这件事情对凌博士很重要，对我们很重要，对全人类都很重要！"

"哦？"杜嘉陵微微皱起了眉头。相比起愤怒，他倒是被激起了更多的好奇：这些人，能有什么需要他帮助的呢？

虽然杜嘉陵向来自视甚高，但是在内心深处他还是很清醒的，自己只不过是一个只有高中学历，而且早已经过气很多年的科幻作家。而对方是什么人？在新材料领域，绝顶实验室在全世界范围内都已经是独孤求败一般的存在。这两个年轻人既然能当上"凌绝顶"的助理，那么也是行业内的翘楚。

"杜先生对我们的研究了解多少？"刘继见杜嘉陵没有发火，很明显地舒了一口气。

杜嘉陵的文化程度不高，他而且很介意别人提到这一点，顿时被刘继这句话戳到了痛处，老脸微微一红，可是因为肤色太过黝黑，倒是很难看出来。

"那么，杜先生听说过足球烯吗？"刘继又问。

"足球烯是一种很有意思的化学物质。"高灿见杜嘉陵没有说话，自顾自开始解释，"它是一种非金属单质，一个分子由六十个碳原子组成，因为结构形似足球而得名……"

"我知道什么是足球烯！"这下杜嘉陵彻底被激怒了。在中学的化学课本里，就有介绍足球烯的内容，他好歹也是一个成名的科幻作家，这两个家伙到底以为他有多无知！

高灿尴尬地搓了搓手，说："那杜先生一定也听说过海胆烯吧？"

杜嘉陵没好气地哼了一声："嗯。"

海胆烯是一类人工合成的物质的统称，它的分子是以足球烯的分子为框架，每一个碳原子向外连接一个新的原子，就好像是一只足球上长出了六十根尖刺，因分子结构酷似海胆，参照"足球烯"的起名原则而得名。

最初合成的海胆烯分子，它的六十根"尖刺"全部都是碳原子，但是后来的研究发现，海胆烯的"尖刺"里有时也会出现少量的氢原子和氧原子。

十多年前，年仅二十岁的"凌绝顶"就是凭借对海胆烯的研究而一举成名，取得了举世瞩目的成就。他发现在特定条件下，两个海胆烯分子之间会出现五对"尖刺"的相互连接，合成一个杠铃形状的分子，他称之为"双体海胆烯"。

在之后的许多年里，"凌绝顶"和其他的一些科学家又陆续合成了三体、四体、五体等一系列统称为"多体海胆烯"的化合物。

海胆烯最显著的一个特征，就是比热容很大。在此前，已知比热容最大的物质是氢气，氢气在常温常压下的数值是 14300J/（kg·K），而海胆烯在常温常压下的比热容达到了 17200J/（kg·K）。而双体海胆烯的比热容，更是达到了单体海胆烯的三倍多！

不久，"凌绝顶"发现多体海胆烯的分子中每添加一个"海胆"，它的比热容就会成倍数增长。这个发现再次引起了轰动，多体海胆烯系列物质也从此多了一个名号，被称为"超级热容体"。

"杜先生，你知道到目前为止，我们合成的分子最大的多体海胆烯是什么吗？"刘继说话的语气和神态，没有丝毫骄傲或是炫耀的意思，反而满满的都是无奈和忧虑，仿佛他们正在谈论的是一个让人无比苦恼的话题。

杜嘉陵满不在乎地耸了耸肩："我已经很久没有关注这方面的新闻了。如果我没有记错的话，早在五年前，你们就已经成功地合成了二十二体海胆烯。"

"是啊，五年前，凌博士成功合成了二十二体海胆烯，当时我才刚刚进入绝顶实验室不到一个月。"刘继的脸上露出了一丝苦笑，"而两个月前，我们已经成功地合成了三十三体海胆烯。"

"三十三体海胆烯？这也太快了吧！"杜嘉陵着实吃了一惊。出于职业的需要，在很长的一段时间里，他每天都会阅读一些科技新闻，并习惯性地记下其中一些简单的知识点。他记得很清楚，多体海胆烯的分子中每添加一个"海胆"，其合成难度就会成倍数增长，这才几年的工夫啊，就连三十三体海胆烯都已经出现了吗？

刘继说："杜先生也觉得太快了是吗？我们也都是这么觉得。"

"怎么，快难道不是一件好事吗？"

"可是没有必要啊，实在是没有这个必要。"高灿在一旁解释道，"事实上，实验室里的很多同事都觉得，凌博士似乎陷入了一种狂热的情绪当中。我们不知道他到底是在执着地追寻某种真相，还是把对多体海胆烯的研究当成了一种游戏，一心只想要刷新自己的纪录，总之他现在一路狂飙，已经停不下来了。凌博士不断合成更多分子质量更大的多体海胆烯，似乎只想要一口气冲到这条路的尽头，看一看在世界上能够存在的最大的多体海胆烯分子到底能有多大。"

杜嘉陵越听越糊涂了："这难道有什么不妥吗？"

"不妥，当然不妥呀。"刘继微微叹了一口气，脸上的笑容显得更加无奈了。

三、空调石

到目前为止，科学家们合成的多体海胆烯系列物质，包括各种异构体和衍生物质，数量已经多达上千种，每一种都有它的特性，应用前景巨大。

材料学本身属于实用科学，早在绝顶实验室成立之初，早期的成员们就已经详细地讨论过多体海胆烯系列物质的商用问题。他们提出了很多方案，其中最广受期待的一种构想是寻找一种合适的多体海胆烯，来研制新一代的蓄电池，但是后来的研究发现这一类型的物质普遍导电性能不佳，这一方案后来就被排除了。

最后，还是凌博士和刘继一起提出了一个"空调石"的概念。

所谓空调石，是一种构想中的物质，它无须消耗电能，就可以自动调节室内的温度。

　　海胆烯系列物质最显著的一个特征就是比热容很大，在正常环境下温度变化缓慢，能够储存巨大的能量；而另一个特征则是种类繁多，可供选择的余地很大。试想如果我们能够找到一种合适的多体海胆烯，给它一个恰当的初始温度，将其放置在室内，在整个酷暑时节，它会源源不断地从空气中吸收热量，温度缓慢上升，直至秋冬季节，气温大幅度下降之后，它会转而开始释放热量，温度缓慢降低，直至寒冬结束，暖春来临。如此，周而复始，年复一年，就好像一台自动运行的空调。

　　"这个想法倒是有点意思。你们找到合适的海胆烯了吗？"杜嘉陵问。

　　"找到了，两年前就已经找到了。是十六体海胆烯的一种衍生物质，它的化学性质很稳定，可以用作建筑材料，最重要的是，它的比热容数值非常理想。"

　　"不过，这里似乎还存在一些问题：按照你们的说法，空调石对室内温度的调节应该是自发而不受控制的。况且，如果空调石在整个暑期都在吸收热量，不也说明它自始至终都无法将温度调节到一个理想的状态吗？"

　　"杜先生的思维非常敏捷。"刘继笑着说，"没错，空调石无法取代空调，只能起到一个辅助的作用。但是即便如此，它的商业价值也是非常惊人的。以武汉这座城市为例，根据我们的测算，如果在一间十平方米的房间里安装上用空调石制成的天花板，每年可以让空调的能耗下降百分之三十左右。"

　　"能有这么多？"杜嘉陵在心里默默估算了一下，刘继提到的这种空调石如果能够实现量产，并推广到全国，甚至是全世界，所产生的经济效益将会十分惊人。

　　"这么说来，我还真是失敬了，恐怕要不了几年，你们都要成为亿万富翁了吧？"

"真要是这样可就好了。"刘继的脸上又露出了熟悉的苦笑，"我们原来的打算，是利用这一笔可观的收益，继续研究开发其他种类多体海胆烯的实用价值。可惜啊可惜，凌博士一早就把这项专利给卖出去了。"

"这就给卖出去了？看来，你们凌博士是真的没什么商业头脑啊。"杜嘉陵丝毫没有掩饰他语气里的幸灾乐祸。

"凌博士他不是没有商业头脑，而是根本就不在乎，他那是……狂热！"高灿的态度似乎有些矛盾，看得出来，他对"凌绝顶"既满怀崇拜，又心存不满。

在刘继和高灿眼里，"凌绝顶"早已经沉迷于他的破纪录"游戏"，完全丧失了理智。这样的行为，不仅从经济的角度来讲很不合理，而且存在巨大的风险。

多体海胆烯只能在高压低温的环境中合成，需要消耗巨大的能量，同时对电力供应的稳定性有非常高的要求，而且越往后难度越大，相应的成本也就越高。此外，除了极少数的特殊情况，多体海胆烯分子中的"海胆"数量越多，化学性质通常就越不稳定，储存难度越大，加之它们的分子中往往储藏有巨大的能量，一旦发生分解或是其他的反应，常常会产生可怕的后果。

自绝顶实验室成立以来，已经发生了三次爆炸事故，每一次都会释放出巨大的辐射能量，最近的一次还引起了许多天文学家的注意，造成了不小的轰动。而直至今日，爆炸发生的原因依然是一个未解之谜。

"凌绝顶"之所以不远千里将实验室搬到冷湖镇，其中一个重要原因就是因为这里地广人稀，符合安全要求。

当然，这其中还有一个更重要的原因——著名的龙门发电站，就在冷湖镇。十六年前，身家数百亿的富二代释晓明受人蒙骗，为了研发所谓的"时空摄像机"，斥巨资在冷湖镇修建了一座当时最顶尖的发电站，命名为龙门发电站。后来研究项目不了了之，这座规模庞大、技术先进的发电站就被遗弃在茫茫的沙漠中，任由风沙侵蚀，逐渐破败凋敝，仿佛变成了一座被岁月掩埋的史前文明遗址。

这件事情，也成为当年轰动一时的笑谈。

然而冥冥之中仿佛自有天意，这座"身世"颇为搞笑的发电站，却正好能够满足绝顶实验室对电力供应的苛刻要求。"凌绝顶"一意孤行卖掉了空调石的专利，然后几乎花光了所有的钱买下了龙门发电站，为新的合成实验解决了电力供应的难题。

两个月前，他们成功合成了三十三体海胆烯，之后凌博士一刻也没有耽搁，立刻就开始筹备新的合成实验。他这般狂热的态度，让所有的同事都感到十分担忧。绝顶实验室里的科研人员，每一个都是行业里的顶尖人才，他们是出于对凌博士的尊敬和崇拜才加入了这个团队，然而为此他们已经付出了太多。他们被迫放弃了唾手可得的名与利，放弃了最初造福社会的理想，置身于危险之中，而这一切都是为了什么？

他们看不到前路通往何处，看不到这没完没了的合成实验究竟有什么意义。

听完了刘继和高灿两人的讲述，杜嘉陵沉默了半晌，心中对"凌绝顶"的怨恨稍稍减轻了些许。听上去，那个当年意气风发的天才少年，是真的有些癫狂入魔了。

只不过——

"你们为什么要把这些事情告诉我呢？你们说的这些事，和我有什么关系吗？"

刘继略微有些尴尬地笑了笑："我们知道这些事情和杜先生无关。但是，我们希望杜先生能够帮我们劝劝凌博士。博士他很固执，我想，可能也只有你的话，他还能听得进去。"

"两位可别开玩笑了！我杜嘉陵算是哪个镇子哪个村哪片地里的哪棵葱？他一个举世闻名的大科学家，能听我在这儿瞎咧咧？"

"会听的会听的，毕竟您是他的偶像嘛！"高灿激动地嚷嚷了起来，"博士几乎每一次开总结会的时候都会提到您的名字，还总说是您的故事，激励他走上了今天的道路。您的话，他怎么会不听呢？"

"什么，你说……他提到过我的名字？"杜嘉陵惊讶地张大了嘴，好半天再说不出一句话来。

四、多加零

"凌绝顶"的确曾经说过他是杜嘉陵的书迷，就在他们第一次见面的时候。

那是许多年前的一次科幻大会上，两人作为嘉宾受邀出席大会。当时的凌博士还不是博士，名字叫作凌峰，未满二十一岁，刚刚因为成功合成了双体海胆烯而声名鹊起。在上台发言的时候，他随口提了一句，说自己是杜嘉陵的书迷，杜的小说对他的影响很大。这一句话让杜嘉陵受宠若惊，扬扬自得了好几天，夜里睡觉都能笑醒。

然而也是在这一次大会上，杜嘉陵和另一位作家发生了争执，争执的原因他已经记不清了，只记得这件事情引发了一场持续了一个半月的网络论战。由于杜嘉陵向来行事乖张，性格孤僻暴躁，平时得罪了不少人，在论战中遭到了好几个作家的围攻，处境十分狼狈。可是他不肯认输，依然以一敌多，顽强应战。

直到有一天，他的对手在文章里提到了一件小事，让杜嘉陵的自尊心遭受了重创：凌峰在科幻大会后台活动的时候，曾经依照名字的谐音，给杜嘉陵起过一个绰号，叫作"多加零"，意思是说杜嘉陵所有重要的小说，基本上使用的都是同一个套路，即选定现实世界中某种物质的某一种属性，将其增大几个数量级，在数值的后面添加几个零，然后推演可能产生的连锁反应，以及对人类社会造成的影响。

例如：目前地球上已知密度最大的元素是金属锇，金属锇密度为22.6g/cm³，如果世界上出现了大量密度为 22.6×10g/cm³ 的物质，那么将会对人类社会产生怎样的影响？目前人类制造出的最快的飞行器，在地球上的最快速度能达到将近 Ma9，而如果有一天人们的日常交通工具速度都可以达到 Ma90，那么我们的世界会变成怎样？目前已知体积最大的细菌，直径为 0.75mm，如果各类细菌的体积增大了千倍万倍，又会是怎样的一副光景？

诸如此类，不一而足。

凌峰起的这个绰号既贴切又风趣，很快就流传开来，杜嘉陵的对手们更是借此对他进行大肆的攻击，嘲笑他文化水平低，因为缺少知识储备，缺乏创意，才会反复使用相同的套路骗取名利。

杜嘉陵可以承受来自敌人的攻击，可是凌峰背地里的调侃让他备受打击，自此一蹶不振，再没有动笔写过一个字了。从那以后，凌峰凌博士也就成为他心中最怨恨的人。

然而此时此刻，相隔了十几年，两人再度见面，凌博士所表现出的欣喜和热情，怎么看都不像是假装的。

杜嘉陵好像梦游似的跟在"凌绝顶"的身后，走进了实验室的核心区域，对方全程都在兴奋且自豪地介绍着实验室里的各种仪器设备，就好像一个小孩在炫耀自己最心爱的玩具。可杜嘉陵始终心不在焉，一个字也听不进去。

他的脑子有些糊涂了，难道"凌绝顶"并没有在背地里嘲讽他，"多加零"这个绰号，只是那几个与他论战的家伙编造出来的吗？

可是不对呀，这件事情可是好几个人都提到过，并且言之凿凿。而"凌绝顶"自始至终都没有站出来澄清。

"杜老您看这里——这是我们的中央观测室，是我现在最常待的地方，我把我的办公室都搬到了这里。""凌绝顶"神秘兮兮地拉开了墙壁上一扇并不起眼的小门，走进了门后的一个小房间。这个房间和它的入口一样的不起眼，面积大概二十平方米，正对大门方向的一面墙壁是全透明的，这让整个房间看起来有点像警局里的审讯室。透明墙的底下有一张办公桌，除了桌子右侧有一块方形的控制面板，桌上没有任何特别的地方。在办公桌左边的角落里，摆放着两块折叠式的小黑板，还有其他一些乱七八糟的杂物。

"您看这外面，这是冰河三号冷压罐。从冰河一号到冰河三号，都是完全由我们团队自主设计的，用来制造合成多体海胆烯所需的超高压和超低温环境，目前在全世界范围内，只有我们实验室有这个能力。"凌博士抬起手指了指透明墙的另一边，满满的自豪溢于言表。

杜嘉陵顺着他手指的方向望去，看到在中央观测室的外面，有一根像大烟囱似的银色金属柱状体，直径大约五米，向上看不到顶，中间每隔三米就有一个椭圆形的玻璃窗。

杜嘉陵很配合地微微点头，却看不出什么门道来，不禁感到意兴索然。

"对了，凌博士，我听人说，你们这个合成多体海胆烯的实验，越到后面风险就越高，不知道是真是假？"杜嘉陵犹豫了半晌，终于还是下定了决心，既然都已经来到了这里，就干脆把心中所有的疑惑和郁结全都解开吧。

"是我们实验室里的工作人员跟您说的吧？"凌博士微微皱了皱眉，脸上的表情变得微妙而复杂，"是啊，每一次新的合成实验，难度和风险几乎是呈几何倍数在增长。多体海胆烯系列物质最显著的特征就是比热容大得惊人，是天然的热能储藏器，每一个分子都是一个小型的炸药库，而除了少数的几个特例，这一系列物质的分子越大，化学性质往往就越不稳定，一旦在合成过程中出现意外，发生了什么剧烈的反应，后果很难想象。"

"既然这样，你为什么还要这么执着，非要在这一条道上走到黑不可呢？"原本，杜嘉陵只是受人之托，很不情愿地前来劝说"凌绝顶"，但是一番简单的接触过后，他心底的一点好奇却愈发浓重了：他曾经为凌峰的一句恭维而欣喜若狂，又因为他背地里的一句调侃而精神崩溃，但对方究竟是一个什么样的人，他何曾有过任何的了解？

凌峰微微仰起头，无限感慨地望着面前的冰河三号冷压罐，梦呓一般地呢喃着："为什么呢……或许，这就是我的使命吧，我就是为了完成这件事情才来到这个世界上，不沿着这条道路走到终点，我还能做什么呢？"

"怎么会没有事情可做呢？我可是听说，你们已经合成了上千种海胆烯类型的物质，这就是一座取之不竭的宝藏啊。"

凌峰不置可否地淡淡一笑，从桌上拿起了一个笔记本，递给了杜嘉陵。

"杜老，你先看看这个吧。"

杜嘉陵接过了笔记本，翻开一看，里面是"凌绝顶"的手写笔记，每页都有一个编号，简单记载了一种多体海胆烯的特性及潜在用途。

第一页写的是：

1. 物质名：

四体海胆烯

2. 特性：

化学性质极为稳定；

硬度高，韧度较低，质地硬而脆；

遇一千摄氏度以上高温会升华为气体，并吸收大量的热量；

遇一千五百摄氏度以上高温会发生分解，同样会吸收大量的热量。

3. 潜在用途：

可用作防火材料以及灭火剂，可取代干冰灭火剂，效果和安全性都远胜于干冰。

　　后面每一页都是类似的内容，一共写了一百零五页。

　　"这个是……"

　　"这是多体海胆烯系列物质潜在的应用价值。我闲暇的时候也会思考这个问题，并把想法记录下来。但这并不是我们需要努力的方向。"

　　"为什么？"

　　凌峰有些惊讶地望了杜嘉陵一眼，似乎很奇怪他居然会问"为什么"。"因为这件事情全世界有很多人都能做，这只是在前人的成就上做一点加法而已。而合成新的多体海胆烯，如果我们不去做，在可预见的未来很长一段时间里，都没有人有这个机会去做。这才是我们要完成的事情——去做乘法，在前人的成就上多加上几个零。"

　　"多加几个零"，这几个敏感的字眼立刻戳中了杜嘉陵心口的痛处，他脸上的肌肉都忍不住抽搐了几下。

　　"多加几个零？"

　　"是啊，这还是您教给我的道理。"凌峰真诚地望着杜嘉陵，眼睛里闪动着激动的光芒。

　　"早在中学时代，我读了您的小说，让我明白了一个道理：我们现在所做的工作，在本质上和几千年前的原始人所做的工作是没有什么差别的。古人驯化马匹、发明独轮车来提高出行和运输的效率，而我们发明汽车、飞机也是在做同样的事情；古人磨制石刀、石斧来提升战斗力，我们研究导弹、战舰是在做同样的事情；古人以烧煤、烧木头的方式获取能源，我们今天开发核能、太阳能也是在做同样的事情……我们不过是将古人的成就推向了极限，在数值上多加了几个零而已。

　　"作为一名科研工作者，生活在科学昌明的年代里，既是一种幸运也是一种不幸。我们不能像那些生活在变革年代里的前辈们那样，大举开拓荒地，高歌猛进，在前人的成就上肆意使用乘法。我们更像是背着一块巨石在向珠峰之巅艰难攀爬，耗尽毕生心血，往往也只能向上挪动一小步，只能让前人的成就，在小数点后面略微地上浮一两点。

"而我凌某人何其有幸，抓住了'比热容'这个自一七六〇年诞生后就没怎么发生过变化的数值，并将它的极限扩大了千倍万倍。我难道不应该珍惜这份幸运，难道不应该用尽我毕生的时间和精力，也在这个数值上再添加一个零？"

"凌绝顶"这一番激情澎湃的演说，彻底震撼了杜嘉陵。他终于明白了，"多加零"这个名字的确是出自"凌绝顶"之口，但这三个字绝不是什么调侃和嘲讽，而是一种总结和颂扬。

杜嘉陵文化水平不高，却以极大的热情创作了几十部科幻小说，冥冥之中仿佛有一股神秘的力量在召唤着他，但他不知道那是什么；无数读者曾经被他的小说所感动，但是他们不知道自己在为什么而感动。

只有"凌绝顶"看穿了其中的缘由，无非是"多加零"这三个字。

"杜老您看那里，您看到冷压罐上面的三个圆环，还有圆环上面的那些圆孔了吗？""凌绝顶"又抬起手指了指外面的冷压罐。杜嘉陵顺着他手指的方向望去，果然看到冷压罐上有三个金属圆箍，每一个圆箍上都有一排密集的黑点。

"这些圆孔都是摄像头，背后连接的是一台 D23 综合质谱仪。D23 综合质谱仪运用的是全球最先进的技术，可以快速辨识化合物的分子结构，有时甚至能够清晰地记录下化学反应的过程。目前全世界只有两台，国内只有一台，一般的机构想要租用几天都很困难，而中科院的前辈们足足给了我五年的使用权限！然而现在也只剩下一年多就到期了。

"此外，最麻烦的还有发电站，我们对电力供应的要求非常高，全国能满足我们要求的供电站原本就不多，而且基本上都有其他的供电任务，能够完全为我们供电的就只有龙门发电站了。然而龙门发电站年久失修，我也不知道它还能支撑多久。

"当然，最最重要的还是我们这个梦幻团队，全球顶级的配置。可是，这个优秀的团队还能维持多久呢？像刘继和高灿这样才华横溢又野心勃勃的年轻人，怎么可能甘心一直为我工作呢？我们的成就越大，团队就离解体越近，这一点我心里是很清楚的。

"合成新的多体海胆烯，需要天时、地利、人和，缺一不可。所以，时间已经不多了，您说我怎么能不着急呢？"

说完，"凌绝顶"已经是愁眉紧锁，忍不住长长地叹了一口气。

杜嘉陵心中感慨万端，默默点头。他已经完全理解了凌绝顶的心思。他想要安慰一下这个年轻的知己，却不知该说点什么好，便只是轻轻拍了拍对方的肩膀。

两人并肩而立，良久不语。直到一个研究员推门而入，打破了这凝重的沉默。

"博士，材料已经准备完毕，可以开始新的实验了。"

五、绝对冷湖

杜嘉陵和凌峰并肩坐在中央观测室里，仿佛回到了十多年前的科幻大会现场。

凌峰邀请杜嘉陵在这里观看三十四体海胆烯的合成实验，让杜嘉陵备感荣幸，就好像当年凌峰在台上说他是自己的书迷时一般。

但是凌峰显得有些愧疚："不好意思，杜老，有可能我们还是什么都看不到。这个合成实验我们已经尝试过七八次了，全部都失败了，每一次都会出现一些很奇怪的现象。"

"哦？是什么奇怪的现象？"

"好几次实验结束的时候，D23质谱仪都显示三十四体海胆烯已经合成成功，可是每一次还没来得及辨识它的分子结构，目标物质就不见了。而且不仅仅是目标物质消失了，就连参与合成反应的材料都消失了，反应前后的物质质量根本对不上，我们到现在也不知道那些物质都去哪儿了。"

"还有这样的事？"杜嘉陵被惊得瞠目结舌。质量守恒是最基本的物理规则，而冷压罐需要制造超高压环境，所以是绝对密封的，那么这些物质能去哪儿呢？难不成合成实验在冷压罐内部制造出了小型的黑洞吗？

说话间，实验前期准备工作已经完成，合成材料被徐徐注入冷压罐内部。凌博士面色凝重，在控制面板上按下了开启按钮。冷压罐开始"嗡嗡"作响，声音越来越响，震得人两耳微微发麻，罐身也开始振动起来。

"凌博士，这里安全吗？我们会不会靠得太近了些？"杜嘉陵被吓得脸色有些发白。

"凌绝顶"笑着说："杜老放心吧，我们现在看到的画面，是电脑实时传送到显示屏上的，冷压罐的实际位置，离我们差不多有五百米呢。"

"原来是这样。"

没想到这面透明墙，原来是一块大屏幕。

合成反应只持续了短短的几分钟，大屏幕上亮起了一片淡淡的白色荧光，然后出现了一个绿色的光点，在屏幕上快速地游走，似乎是在勾勒什么图案。

"开始了！千万不要消失，千万不要消失……"刘继在一旁紧张地念叨着，周围所有人都情不自禁地握紧了双拳。

可是绿点只维持了不到三秒钟，便消失不见了，白色荧光也随之变成了红光。

观测室内部的气氛非常凝重，仿佛被冻结了一般。现场所有人仿佛都变成了石雕，谁也没有说话。

"刘继，你去切断冷压罐的电源，开始释压和升温，准备派人进冷压罐检查。"最终，还是"凌绝顶"开口打破了沉默。

"好。"

"凌绝顶"像一个迟暮的老人，迟缓地转过身来，对杜嘉陵说："真是不好意思，杜老……"

"可别这么说，对我这么一个糟老头儿来说，已经算是很长见识了。"

"高灿，你先把杜老送回去休息吧，我想在这里再待一会儿。"

杜嘉陵连连摆手："凌博士要是不介意的话，就让我留在这里陪你说说话吧。这都十几年了，我们见一面也不容易。"

"凌绝顶"不再坚持，只是轻轻点点头。

冷压罐释压和升温的过程十分缓慢，大家的情绪都很低落，有一搭没一搭地说着话，很快便倦意涌来，都靠在椅子上打起了瞌睡。

不知道睡了多久，一声轰然巨响将杜嘉陵从睡梦中惊醒，他被吓得猛地跳了起来。

"怎么了？什么声音？"

"好像是冷压罐发生了爆炸！"没有睡熟的高灿最先反应了过来。

"爆炸？反应材料不是都消失了吗，怎么会发生爆炸？"凌峰困惑地皱起了眉头。

"博士你快看，冷压罐好像开裂了！"

众人齐齐将目光投向了大屏幕，却看到了极其诡异的一幕：在冷压罐的罐身上，疑似裂缝的位置，出现了一条白线，白线以惊人的速度沿着罐身向周围扩散，很快便将整个冷压罐完全包裹，然后开始沿着地板和天花板向更远的地方蔓延。

"发……生了什么事？"杜嘉陵被吓得声音都有些发抖了。

"凌绝顶"快速地看了一眼大屏幕的右下角，面色凝重地说："好像是合成区的温度……在急速下降！"

"温度……在下降？"杜嘉陵被惊得呆住了。难道说，那些在快速扩散的白色物体，都是冰吗？这温度得低到什么程度呀！

这样的画面，他可只在好莱坞的灾难大片里看到过！

"这里不安全，我们马上离开这里！"凌峰一把抓住了杜嘉陵的手，转身大步朝门外走去。

可是刚刚走到观测室的门口，"凌绝顶"似乎感应到点什么，猛地停下了脚步，利落地转过身去。

只见大屏幕上，亮起了一片淡淡的白色荧光，一个显眼的绿色光点正在纯白的背景中游走。

一秒、两秒、三秒……光点始终没有消失。

"是三十四体海胆烯！我们成功了！"凌峰激动地望着大屏幕，两只眼睛闪闪发光，抓着杜嘉陵手臂的五指也情不自禁地猛然握紧。

高灿略微迟疑了几秒钟，上前抓住了凌博士的手臂，拉着他就往门外走。"博士，我们必须要离开这里了！"

"我们不能走！"凌峰激动地一把推开了高灿，"这是我们所有人十几年的心血，好不容易走到了这一步，我必须把它记录下来！"

"可是博士，我们没有时间了呀！"

"不会的，不会的，冷压罐离这里有五百米路呢，不一定能影响到这里……高灿，你马上带杜老离开这里，如果有时间的话，把发电站的所有电力接入观测室的空调系统，为这里供暖……"

"博士，你就听我的，赶紧离开这里吧！"高灿急得直跺脚。

"是啊，来日方长啊！"杜嘉陵也在一旁劝说道，"只是一次实验而已，犯不着拿命来赌啊，有什么意义呢？"

凌峰望着杜嘉陵的双眼，淡淡地一笑，神色决绝地缓缓摇头。

"不……多加一个零，怎么会没有意义呢……"

"凌绝顶"最终选择了留下，没有人可以说服他。

低温区域还在快速蔓延，实验室里乱成了一团，众人都在惊慌地向外奔逃。杜嘉陵和几名科研人员乘上了一辆越野车，以最快的速度向远处飞驰。

逃出了很远一段距离后，杜嘉陵回头远望，整座绝顶实验室已经完全被冰雪覆盖，那恐怖的白色还在戈壁滩上向四周扩散，仿佛是一大群白色的军团蚁。可怕的低温制造出了一个巨大的气旋，在实验室上空高速旋转，就连天空中的云朵都受到了影响，在向这片区域聚集。

如此魔幻的画面，仿佛是神话传说里的龙王，正在绝顶实验室里施展法术。

冷湖，冷湖，这个原本有些名不副实的地方，现在正变得地如其名。

从此以后，这里将会变成地球上最为寒冷的绝对冷湖。

六、临界点

从回忆中到现实，杜嘉陵早已忍不住老泪纵横。

刘主任上前轻轻拍拍他的肩膀，小声安慰了几句。

"刘主任，当年冷压罐发生爆炸的原因，现在查明了吗？还有这大片的冰雪，到底是怎么回事呀？"

刘主任点头道："多亏了凌博士留下来的笔记，事故原因已经查明了。"

说着，刘主任按动了几下遥控器，屏幕里的画面定格在了第一面小黑板上，清楚地显现出了上面的字迹，能够明显看到其中的"超密态"三个字。

"其实，凌博士当年的合成实验，从一开始就成功了，只是我们不知道，三十四体海胆烯除了常规的固态、气态这两种形态以外，还存在一种特殊的超密态。超密态的三十四体海胆烯密度是固体状态的上千倍，每次实验合成的三十四体海胆烯都变成了薄薄的一层超密态物质，附着在冷压罐的底部，并不断累积，可我们始终都没有发现。冷压罐在释压和升温后，超密态的三十四体海胆烯先是膨化为了固态，然后又快速升华为气态，并吸收了大量的热量，在这个过程中制造出极限的低温、高压状态，冷压罐无法承受，就裂开了。剩下的超密态三十四体海胆烯继续吸热、膨化、升华，并且制造出一个低温气旋，把储存在附近的其他多体海胆烯材料都卷了进来，引发了一系列的链式反应，制造出一个巨大的低温区域，生生在荒漠戈壁中创造了一个大冰川。

"前不久，我们成功地从融化的冰层里分离出了气态的三十四体海胆烯，证实了凌博士留下的笔记。"

原来如此。

这样的情况，谁又能预料到呢？

凌博士，他终于还是成功了。他记录下了三十四体海胆烯的合成过程，在比热容的极限数值后面，又添加上了一个零。

可是，谁又能断定，如果没有凌博士留下来的这些笔记，科学家们就一定不能从冰层里找到气态的三十四体海胆烯呢？

一想到这里，杜嘉陵的心里又不禁有些酸酸的，不是个滋味。

"刘主任，你说，凌博士的牺牲，值得吗？"

"从全人类的角度来讲，当然值得。"刘主任无比坚定地重重点了点头，"凌博士留下来的笔记，虽然只有寥寥百余字，却会在未来很长的一段时间里，指引着我们的方向。"

说完，刘主任又按动了几下遥控器，屏幕上的画面转到了第二块小黑板上。第二块小黑板上的笔记内容少得多，只有一个看起来很复杂的化学分子结构图，下面留有一句没有写完的话："三十六体海胆烯，化学性能极其稳定，预测可用于……"

刘主任解释说："我们猜测这个分子结构图，是凌博士在最后的时间里，根据三十四体海胆烯的分子结构推测出来的。多体海胆烯系列物质里，有几个特殊的成员，分别是四体、十二体、十六体、二十四体的海胆烯，与其他的同类型物质相反，这几种物质里的'海胆'越多，化学性质越稳定，因此应用范围最为广泛。而如果凌博士的推测没有错，三十六体海胆烯也拥有相同的属性，那么它的应用价值将远远超过其他几种物质，因为它的比热容数值将突破一个临界点，为人类带来一个全新的能源时代。"

"全新的能源时代？"

"不错，一个全新的核聚变能源时代。如果人类可以大量合成三十六体海胆烯，我们将不再需要托卡马克装置，我们可以用三十六体海胆烯制造一层层的防护罩，在内部直接引爆一枚小型氢弹，只要最外面的一层防护罩能够维持完整，就能将核爆散发出的热量吸收，并源源不断地缓慢释放，以此来实现核聚变能量的和平利用。在不久的将来，全世界的科学家都将会为实现人工合成三十六体海胆烯而疯狂。"

居然是这样！

恐怕谁也不会想到，困扰了人类近百年的和平利用核聚变能源的难题，将会以这样的方式得到解决。

世事难预料。但是或许凌博士早已经料到，起码他一开始就知道，他的付出和牺牲不是没有意义的。

杜嘉陵心中感慨万千，慢慢转过身来，望着在冰层中微笑的"凌绝顶"，脸上缓缓露出一丝会意的笑容。

多加一个零，足以开启一个全新的时代。

多加一个零，怎么会没有意义呢？

所爱非人

陈茜

◆ 第 12 届全球华语科幻星云奖最佳短篇小说银奖获奖作品

宋麦克快下班时来找我，总不会有什么好事。

"你，出来一下。"他倚在门边，冲我点点头。

我从电脑显示器侧面探出脑袋，上下打量他：这位仁兄眼圈发红，青灰的下巴冒出胡茬。警服衬衫外罩着件粗布夹克，拉链敞开，鼓起的腹部上那片菜汤污渍分外引人注目。裤子全是皱褶。估计昨晚上又睡在了办公室。

我站起身，做了个手势："去顶楼吧，我要买杯咖啡。"

A市港区十年前还富得流油时，市里的拨款用也用不完。局长在顶楼辟了个警员休息区出来，买了堆文娱器材。那时，每天午休时，所有人都聚在一起打台球。宋麦克总是输给我，后来他就不打了，可能觉得输给新人小丫头片子太没面子。

眼下，台球室和健身房已经成了鬼屋，只有角落处的自动咖啡售卖机还有人用。

我请了他一罐意式浓缩，自己拿了杯美式。被整整一天的文书工作折磨后，我也需要醒醒脑。

"有私活儿。有个富婆来找我，说自己的机器人不见了。"宋麦克抠开易拉罐，摸摸鼻子，"看样子是自己改装过的那种。"

"哪种？"我扬眉。

在港区，要是只靠警局发的那点儿工资，你连车都养不起。大家都会私底下接些私家侦探的活儿。上司也睁一只眼闭一只眼，只要别太越界。宋麦克偶尔会找我搭把手，特别是需要和女性打交道时。他是个老派的男人，在某些事上，保持着罕见的羞涩。

我当然也不反对，谁会拒绝外快呢。

"看上去像那种。"他掏出手机，调出一张照片，递给我。

是一张合影。照片中的女人已届中年，穿着驼色的大衣和看上去挺贵的鞋，面对镜头，笑得冷淡又得体。那位失踪的机器人站在她身侧，神色专注，盯着主人的侧脸。它极为俊俏，体貌带着在普通流水线产品上找不到的艺术感。这货绝对价值不菲。

"这不是刘妍吗？"我说。

照片中的女士在 A 市可谓无人不晓，是商业新闻版的头条常客，最近几年对外宣称退休，低调了不少，但仍算是个风云人物。

"她说那是她的商务秘书，知道公司不少商业机密，必须弄回来。"宋麦克干咳一声，"我觉得他们关系没那么简单。她说不出这个机器人秘书的型号，说是私家手工制品。"

"哇哦——"我再次欣赏了下照片里的美男，对这位女士的品位表示了赞赏。

"她约我一小时后在她家见面谈谈。"宋麦克边说，边抽回手机，"我觉得有你在，聊起来会更方便些。"

踮起脚，将喝空的咖啡罐隔着半个房间投进垃圾桶，精准。我看了眼腕表："我收拾下东西，十分钟后停车场见。"

以前这种时候，宋麦克都会嘀咕，要不是你穿着裙子，谁能看出你是个女人。

今天，他似乎心情低落，只是瞟了我一眼，什么也没说。

01

宋麦克开着他那辆破车，我坐在后座上，膝头的电脑随着颠簸上下跳动。我们穿过 A 市破败的市中心，暮色中远远能看到远处暖色的灯火。

细雨中，成群失业的青少年仍在街头游荡，塑料荧光外套闪闪发亮。他们爬上废弃购物中心的窗口晃着长腿，嚼口香糖。有人认出了宋麦克的车，冲我们吐口水。

"你不管管？"我半真半假地逗他。

"现在是下班时间。"宋麦克说，语气厌倦，"再说能怎么样？把这群小兔崽子揍一顿吗？"

而远郊滨区是一片截然不同的天地。车窗外掠过落日余晖中波光粼粼的海面，一串归巢的飞鸟轻轻落在白色浅滩上。这里连沙子都是直接从国外小岛运过来的，房价早在七十二年前就涨到了六位数。

我们的委托人就住在这片别墅群里。

可惜我们都没心思欣赏眼前难得一见的、充满了金钱气息的风景。宋麦克让我抓紧时间查一下刘妍——那位委托人的背景。

网上关于她的信息虽然多，但大部分都是官方商业报道和采访，没什么真正的干货。刘妍出身草根，年轻时靠着几轮太空投机生意暴富。后来离开 B 市隐居 A 市港区，但手里还掌握着几个著名公司的大量股权。结过一次婚，前夫陆国涛也曾是商界名流，后由于重大经济犯罪嫌疑潜逃，已有多年。他们过去也是采取夫妻合伙经营模式，刘妍居然奇迹般地保住了自己的资产。

我迅速翻看检索结果，一边挑重要的念出来，并说"网上找不到什么负面新闻。天生低调，或是公关工作做得好。"

宋麦克哼了声："有钱人……"

自从几年前仓库谋杀案那事儿碰壁后，他就对有钱人过敏。

我没理他，继续看资料。"她前夫陆国涛的背景倒挺有意思，在炒小行星地产前，读的是神经内科的医学博士学位。还担任过和人工智能研发有关的大学教职呢。中年才改行从商。"

"嗯。"宋麦克应了声，语调有些淡漠。

"他们以前夫妇感情倒是挺好。"我盯着屏幕，稍稍一检索，就能看到各种旧新闻稿照片中，陆国涛与刘妍出双入对的样子。陆国涛也没传出过什么婚外绯闻，在他那个级别的富豪中，可谓十分罕见了。

"也没碍着她老公跑了后，找个机器人做伴。"宋麦克说得酸溜溜。

我们已经进入了别墅区，车开开停停，向无数重安检系统提交邀请码。

砂石板路两边是椰林掩映下的小屋，紫荆正在落花，铺得一地残红。刘研的房子在湖区深处，西式双层，通体雪白，屋子侧面有个大露台，直接伸入海湾中。露台上摆着藤椅和遮阳伞，令人不禁脑补那些悠长的午后休闲时光。

整幢屋子，只有客厅的灯亮着。

我们坐在车里看了一会儿，顺便讨论了刘宅整套警备系统的造价。几架隐形监控无人机在屋顶上方徘徊，Ａ市最大的银行也不过如此。

"住在这儿，简直像城堡里一样安全啊。"我感叹道，掏出粉盒，整理头发，补妆。

宋麦克出发时，换上了一套深蓝色的干净西服。是我替他保管在警局更衣室的，为的就是应付眼前的状况。他离婚后，我接替了将他偶尔打理得能见人的职责。局里也有人说闲话。我俩之间倒是心知肚明，不会有那回事。他是当年带我入行的人，互相照顾是应该的。

仅此而已。

门铃响了十几秒后，女主人开门。

刘妍比照片中看上去要年轻一些，乌黑浓密的长发披在肩头。眉眼没多少人工调整的痕迹，称得上端庄清秀。她知道宋麦克会带女伴过来，只穿了一身灰色的丝绒瑜伽服和拖鞋。

我真希望自己四十多岁时，也能保持她的纤细腰围。

"宋警长，欧阳小姐。"她伸手与我们相握，声调细柔甜美，"很感激你们能抽出时间，来帮我解决一个小小的私人问题。"

宋麦克点头。

我们走进客厅，在沙发一角落座。刘妍的居所看不出暴发户的痕迹，每件家居都昂贵得简洁悦目。墙上挂着一幅枯笔山水立轴，肯定是真迹了，我想。

刘妍亲自端着茶具过来。

我有些惊讶，这所大宅里居然没有管家。

她抱歉地解释道："见笑了。这些工作平时也是 3908 负责的。它失踪后——"

"3908？"我扬眉。

"就是我那位失踪的机器人秘书的名字。是它自己起的。我原本想给它一个更人类化一点的名字，但它在这个问题上很固执。"刘妍笑笑。

宋麦克和我对视了一眼。

"这也是我希望能尽快找回 3908 的原因，它——很聪明。我害怕它受到折磨和伤害。"刘妍犹豫数秒，细瘦的双手合在膝头。手背凸起的筋脉是她身上唯一泄露真实年龄的地方。

"聪明？您的意思是，它使用的电子脑程序不是市面上通行的版本？"宋麦克问。

我瞥了他一眼。

今天他有几分急躁，一上来就指责客户钻法律空子的行为。这可不利于获取信息。私自改动机器人电子脑程序，是被明令禁止的技术犯罪。但挡不住商业利益与极客好奇心的驱使，这条法令正日益成为一纸空文。

"这不重要。"刘妍说，微微侧头，语调升高，"我只是说，您可以将之当成一桩真人失踪案来调查。让两位见笑，自从独居后，它是我唯一的伙伴。我将它看成家庭里的一分子。"

"我们理解您的心情。"我说，冲她微笑，拿出了纸质笔记本和笔——这招总是莫名能使客户觉得自己受到重视，"人工智能监察也不是我们管理的范围。我们只有了解您的机器人秘书的行为逻辑，才能推测出它身上发生了什么事。"

刘妍神色和缓了些。

我暗中横了宋麦克一眼。"能不能请您描述一下它失踪的具体情况？"

"是昨天早上的事。"刘妍说。进入回忆叙述的她冷静有条理，令人想起她曾经也是个成功的女商人，"3908 也是我的全权商务代表。我让它去公司，替我面试一位新的财务经理。结果到了约定时间，公司那边打来电话，说 3908 没有准时抵达会议室。我感到意外和担忧，派人沿途搜索了一遍，3908 的车停在离公司不远处的公路辅路上，车门锁着，没有暴力痕迹。只是它本人消失了。"

"您的机器人，体内没有定位装置吗？"宋麦克问。

"现在没有。"刘妍摇头，"它不喜欢身上的监控，我替它拆掉了。"

我皱眉。

"请原谅，女士。"宋麦克身体前倾，"您这位机器人的自主权限和智力水平，究竟在什么水平上？"

"3908 是一位艺术家朋友的作品。我承认，它运行的不是标准程序。"刘妍说，她似乎对宋麦克的再次咄咄逼人并不介意，"3908 的心智水准，具体我也无法描述。毕竟我不是专业人士。"

她微微弯起嘴角，像是想起了什么。"只能说在日常相处中，它和正常人类完全一样，只是更单纯。它是个好孩子。"

"女士，您胆子可真够大的。"宋麦克摇头，"一旦程序出错……"

"人生在世，总得承担一些风险。"刘妍说，抬起眼睛，"和难测的人心相比，我更愿意选择机器人作为伙伴。"

作为每天都要与人类罪恶打交道的警察，我们都一时无言。

"你觉得它失踪的原因会是什么？哪些人会想要得到它？"我笔尖点着纸面，打破沉默。

"我真的……不知道。"刘妍微微摊开手掌，"我已经基本退休了，在公司只是尽一个挂名顾问的义务。在 A 市，我的人际关系也很简单，没有仇家。可能有人误以为 3908 的头脑里有重要的商务机密，绑架了它。"

"它本身对其他人没什么价值？"宋麦克重复问。

"从金钱的角度看，顶得上一辆顶级豪车吧。我朋友的作品一直有很高的市场价值。"刘妍弯起一边嘴角，笑得有点嘲讽，"可以将它的电子脑格式化后重新出售。它很漂亮，肯定能轻易找到买家。"

她想了想，补充道："我也放出过消息，愿意出个好价钱将它赎回来。但目前为止，并没有人联系我。"

宋麦克咕哝一声："有意思。"

茶过三巡，我们告辞离开。

刘妍将我们送到院门口。外面起了夜风，她裹在柔软运动衫下的身体显得异常单薄。我也再次注意到这所大宅有多么空旷安静。

"有消息我们会联系你的。"我边说，边握住她的手，轻轻摇了摇。我居然有点喜欢她。

"若是找到它时，它损毁得已经太厉害，别给我看照片。"她说，抽了抽鼻子，高贵冷静的外壳突然裂开了个口子，"直接告诉我情况就好。别让我看照片。"

02

"你怎么看？"回到车上，我凑近暖气直搓手。

那间大宅子冷得像冰库似的，还没到九月份，冻得我起了一身鸡皮疙瘩。

宋麦克不回答，他忙着点烟。

"他们的关系，恐怕不像是我们想象中的那么热辣。她看待那个机器人更像是一条宠物狗。"我补充。

或一个朋友。但我直觉，宋麦克不会喜欢听到这个词的。

深深呼出两团烟雾，污染完了车内空气后，他侧头瞟了我一眼："你真没看出来？"

"啊？什么？"

"这幢大房子里一个活人都没有。"他发动汽车，旧引擎干咳起来，"那女人也是个机器人。"

我呛了口，差点把肺咳出来："不可能吧？现在机器人能做到这么逼真了？"

仔细回忆和刘妍握手的触感，皮肤的质感、暖度，动作的力度，完全与人类一般无二。

"咱们待的是什么地方，又没其他城市那些限止令。"宋麦克耸肩，"早几年就有这样子的高仿真产品出现在市面上了。"

我有点儿不寒而栗："在哪儿？平时我们看到的人里面——"

"想什么呢。"宋麦克喷笑，"那些假人外表长得漂亮，但全傻头傻脑的，很容易分出来。咱们今天遇到的这个不一样，真正的高级货。我也没见过仿得这么厉害的，不过有些细微的差别还是能看出来。我具体形容不出来。"

"那些傻乎乎的仿真人你是在哪里看到的？"我盯着问。

他转开眼睛。

我想了想，明白了。"你也去抄过水街？"

水街是港区最大的娱乐一条街。我也去过，只能说，人间地狱。

宋麦克将车窗摇下一条缝，转头问我："今天晚上你还有事吗？"

"嗯？"

"我们去拜访一下那个做机器人的。他住在十景街上，真名没人知道，都叫他J匠。"

宋麦克认识他。

说实话，我一点儿都不意外。在刘妍家的时候，宋麦克没花力气逼问刘妍，所谓"艺术家朋友"的详情，我就知道，他心里有底。另外，这桩案件的性质已从"富婆私下寻找被偷走的机器人秘书"转向更诡异的方向，彻底激起我的好奇心。

再说，宋麦克的情绪也有些不对劲，我不想放他单干。

"走呗。我明天不值班。"我说。

03

十景街在入夜后是个神奇的地方。

十多年前，这是整个港区最繁忙的地方。每天有上百艘巨型星际货运船在港口停靠，川流不息，带来了源源不断的钱、新技术和旅客。当时的整个港区，奢靡得如同旧时代那些坐在石油井上的国家。

我们都以为好时光会永远持续下去。

直到虫洞运输出现。货船再也没有必要经停这里了。港区以令人惊异的速度破败成为失业者与逃犯的聚集区。哪怕我穿着警服带着配枪，白天独自来这里，都得掂量掂量。

跟着宋麦克过来，倒不用担心安全问题。他将破车停在外面，带我步行进入十景。刚下过一场雨，年久失修的路面积起水坑，映照着街道两边的各色店招。大部分全是卖些见不得光的东西。卖美食的铺子夹杂其中，散发出亲切的香味。

一路上，经常有人上来和他拍肩拥抱。要不是他意志坚决，肯定已经被拖入酒吧"喝两杯"。我则努力不盯着路上那些人体自我改造爱好者们看。他们的电子器官裸露在体外，心脏、肺，还刷着荧光颜料，随着呼吸心跳一明一灭。注意到我的窥视，他们开始吹口哨："嘿，我们经过改造的地方不止这些哟！"

我扭开视线。

"那东西就住在这里。"宋麦克双手插在裤袋里，下巴点着一座破旧大楼，说。

楼里一片漆黑。

"你们以前有什么仇？"我听出他语调里的厌恶感，一边检查着藏在袖子里的电棍。那是我自己弄来的装备，比一截铅笔还小，能把彪形大汉电到躺在地下尿裤子。

他侧头看我一眼："以后再说。"

我们走到楼前，正厅玻璃门早已破碎，靠一道铁栅栏加上老式环形锁阻挡着流浪汉的进入。

宋麦克用力摇晃铁门，吱吱声在夜晚的寂静中十分刺耳。

"我知道你在里面。"他喝道，"你要是不在三分钟内开门，明天我带拘捕证过来。"

楼道里寂然无声。

我和宋麦克站在栅栏外，夜风吹透了我的外套。

"会出来的。"他说。

果然，过了一会儿，楼道里亮起一束手电光，传来拖沓的脚步声。我眯起眼睛，适应光线后，看清了来人。J匠是个小个子男人，佝偻着背，没有头发。穿一套旧衣服，满脸皱纹，眼神却很灵动，年纪在三十岁到七十岁之间都有可能。

他摇晃着钥匙打开环形锁，将我们放进去。我留意到他有双细白纤长的手，指甲里污迹斑驳。走近了，能闻到他身上一股子酒臭味。

"你答应过，不来烦我的。"小个子男人小声抱怨道。

"只要你老实，我当然懒得来管你。"宋麦克哼了声，"去检查一下你的车间。"

他犹豫了下，带着我们坐上一部居然还在运行的电梯，进入地下室。

巨大的房间灯火通明。我这下才看清眼前的景象，需要猛吸一口气才能控制住自己，别尖叫出声。

四处都散乱着机器人的人体零件。一排排面孔悬吊在支架上，有个小姑娘正拿着彩笔替其中一个头颅画眉。

不，那也不是真正的女孩。我再仔细一看，她只有胸以上的部分具有人形，下半身是一团乱七八糟的金属支架。

这真是令人毛骨悚然。我能感到冷汗流过满布鸡皮疙瘩的后背。按说当警察将近十年，凶杀现场也见过不少，这里的景象仍有种超越理性的诡异。

宋麦克肯定不是第一次进来，他在工作台和车床之间随意溜达，顺手拿起一个零件看看。

J 匠站在墙边，紧紧盯着宋麦克的一举一动，双手藏在袖子里。

他怕警察。

"我最近一直在做合法的单子。"J 匠说，声音喑哑，"火星上一个服装公司要两百个走台模特。我就忙着这件事，连门都没出过。"

宋麦克折回来，拿出手机，划亮，放到他眼前："你做的？"

屏幕上是刘妍和机器人秘书的照片。

J 匠转开眼睛。

宋麦克抓过小个子男人的衣领。小个子男人缩成一团，喉咙里发出阵阵污泥翻滚的浊音。我皱起眉头，退开几步。

"现在再问你一遍，你做的？"宋麦克揪着他的头发。

"他们给了很多钱，说要保密。"J 匠嘶声说，生理性眼泪一直流到鼻尖，悬在那儿闪闪发亮。

"站起来。说说，谁下的单子，要求是什么。"

他歪头，先看宋麦克，再看我，声音发颤："说了我就死定了。他们不是一般人。"

我微笑着看他。宋麦克从不揍无辜的人。企图冲我卖惨，他可是打错了算盘。

"不说你更死定了。"宋麦克露齿而笑，"别忘了仓库那事儿，你还欠着账呢。"

"那个女人是我做过的最精细的活儿。"J匠去洗了把脸，回来时已经恢复了镇定，"他们只要求质量，不催活儿，钱也给得足够多。很大方的买主。"

"什么时候的事？"宋麦克问。

"让我想想——起码有两年，不，三年前了。是个中年男人下的订单，拿着照片来的，说要定做一模一样的机器人。"匠人捡起工作台上的一节金属骨骼搓了搓，动作怪异，令人想起昆虫颤抖的触须，"我说你要一模一样的，得多提供些照片。他第二天给我发来了数千张各种场合的照片。"

我颇感意外。宋麦克的神色也阴晴不定。

要弄到刘妍的各种私照，难度可不小。我们刚拜访过她家，各种监控设备足以把普通的变态跟踪狂挡在门外。

"我很快给他弄出了模型初稿，他看了之后觉得还是不满意，说还是达不到他期望的水平。"J匠闷哼一声，将指节扔回桌面的小碗里，"很少有人对我的活儿不满意的。"

"他要求达到以假乱真的程度？"宋麦克皱眉。

"过了几天，他把那个作为原型的女人直接带来了。"J匠说，"我也吓了一跳。我原来以为他是那种有钱变态。没想到他们之间关系很近——像是多年夫妻。"

我和宋麦克面面相觑。

"那女人比照片上老得多，很没精神的样子，像是得了重病。他们在我的工作室待了一整天，我根据她的样子修改了模型，直到他们俩都满意为止。"J匠从工作台下翻出一本沾满油污的活页本，翻开，里面全是美貌惊人的年轻人偶照片。他终于找到了其中一页，递给我们。

是刘妍，我们刚刚见过的那位贵妇。照片中的她面无表情，脖子以下的身躯还未覆盖上皮肤，看上去像辆敞着前盖的汽车。

"提货那天，是他们俩一起来的，女人随手翻我的产品目录相册，看上了一款漂亮的男性机器人，开玩笑说买下来当作给'那个她'诞生的礼物吧。男人就直接下了单子。"他低头抠着指甲里的污渍，声音变得含混不清，"他们付的现款。"

"你就没好奇过，他们要仿真度这么高的机器人拿来干什么？"宋麦克问，"我看你三年前吃的苦头还不够。"

"我也稍微查过他们的身份，反正是我惹不起的大人物。收钱做事就好，我不想惹上麻烦。"

"晚了。"宋麦克说，"那个男性机器人偷偷跑了。你可能又造出了一个杀人犯。"

又？我呼吸一顿。

"这和我没关系。"J匠回应得极快，"他们在我这里只定制了机器人的躯体，我交出去的只是两具空壳。电子脑的事他们说自己会处理。"

宋麦克冷笑："你敢说自己和电子脑的供货方完全没接触？调试阶段的活儿是谁干的？"

J匠说："都是通过电子邮件联系的。"

我们一直盯着他。

他打开电脑，进入邮箱。我挤开他，自己操作，直接将他与供货者之间的邮件全部复制了一份。

"你们还想要什么？尽管问吧。"他长叹一声，"反正我已经死定了。"

宋麦克想了想，又在手机屏上划拉了几下，向J匠展示："是这个人来定做的机器人吗？"

匠人皱起眉头，眼睛沉在阴影里。

"别推脱你忘记了，你可是个做人脸的艺术家。"宋麦克提醒他。

"应该是他。"他轻声说。

04

"要不要去吃点东西？"出了大楼，宋麦克问我。

我点头："你确实欠我一顿好饭。"

所谓好饭，最后也不过是酒吧里的两碟古巴三明治。老板是熟人，给我们留了靠角落的座位。

吃饭时，我们一直没提案子的事。

餐后附赠的饮料上来后，宋麦克的第一句话是："欧，这事到此为止。今晚出来的报酬我会分给你。"

我差点当场直接给他一拳头——论体能格斗，这家伙没准还真打不过我。可能我的表情过于狰狞，宋麦克叹了声："是不是已经晚了？"

我双臂抱在胸前，直瞪着他："是不是和仓库那件事有关系？"

宋麦克一怔。

我们又沉默了一会儿。他挥手点了一杯杰克丹尼。很少有人知道，宋麦克其实酒量小得可怜。这杯下去我可能得找人扛他回去了。

"又是陆国涛。果然又是他。"他盯着气泡从黄浊酒液底部慢慢升起，咧嘴一笑，"欧，关于那年的仓库案，你知道多少？"

"一群小混混在港区仓库斗殴，有人动用了火器，导致十三人死亡。"

我说，顿了顿，补充道："你调查此案后，从前途无量的刑侦队长被踢成了片儿警。局里各种流言蜚语我就不转述了。"

半年后回到局里，发现搭档被降职，自己也莫名转到了文职部门。别人都说是宋麦克连累了我。我和宋麦克从未正面提起过此事。他不主动说，我也不问。

仓库案像是我们之间一个沉默的结。

宋麦克继续盯着酒杯。我没催他说，都等了这么多年了，不在乎多几分钟。酒吧昏暗的灯光下，我突然意识到他老态得厉害。

"那年八月，当时我还在刑侦组。有人报警，说港区有座仓库里，散出某种不好的味道。我带人去了。当时你不在 A 市，还好不在。"宋麦克干笑一声，"现场和刚才你看到的 J 匠的工作室场景差不多吧。只是，那个现场全是人的尸体。我们叫上法医清理了一个星期，确定死者有十三名。身份全是十景区的小流氓。"

"枪械走火不可能造成这样的伤害。他们到底是怎么死的？"我轻声问。

"这是最古怪的地方。现场除了死者的 DNA 外，只有一个陌生人的生物痕迹，甚至不是血迹。后来查出来了，在场的第十四个人是 J 匠。你看那家伙当场尿裤子的熊样儿，像是能杀掉十三个年轻男人的吗？"宋麦克说，"死者们像是被什么东西直接大力撕成了碎片。法医花了很大工夫才把他们拼起来入殓。"

"这么大的案子，怎么没听说总局介入调查？甚至我们局里大部分人都不知道。"我说。

"就是总局按下去的。"他耸肩，"反正那些十景的小混混也没什么有地位的亲友会替他们出头。"

"你怀疑是有人在仓库调试非法机器人，结果出了意外？"我想起宋麦克对 J 匠说他还欠着债，以及刚才嘲讽刘妍的那句话——你胆子可真够大的。

还有，陆国涛曾经是个人工智能专家。拼图的碎片正在合拢。

"那鬼东西也已经吓尿了，他亲眼看着那些机器人发疯。"他转动酒杯，往衣服上蹭了蹭手汗，"抓他也没什么用。J 匠说白了只是个手艺人，他只会做机器人外壳，电子脑是另外一些人带来的。他能接触到的也是那个组织的下层代理者。当时也是那些人把失控的机器人带走了，只留给我们一地尸体。可怜的年轻人，那天他们可能只是做搬运工，想挣点零钱。"

我盯着玻璃杯中的黄色残渣，喉咙里泛起苦涩的味道。几件事的时间点一核对，顿时明白了好些事情："陆国涛和这事有关系？他就是捅下这个篓子后逃走了吧？"

"哪儿至于啊。"宋麦克笑出声，"A 市的高官才不会为了十三个人得罪这帮富豪。陆国涛必须潜逃，是犯了别的更大的事。"

我默然。自从 A 市衰落后，本地政府对他们这些带着巨额财产来定居的富豪，实在是关怀备至。本地的运输业早就完蛋了，整座城市都靠他们撒下的蛋糕渣维生。

宋麦克身上毛病不少，但他是个好警察。我能想象他死咬着对方不放的样子，不由得苦笑。当年的降职顿时有了合理解释。他刚才叫我从此事中撤身，也自有道理。

"陆国涛逃走后，我还以为这事已经了结了。我想管也管不了。"宋麦克说，"但现在看来，他和他老婆刘妍一直保持有密切联系。很可能他通过刘妍，继续控制 A 市的生意。"

"是刘妍的机器人。"我纠正他，"按 J 匠的说法，刘妍参与了她自己的仿真机器人制作全过程，而且她看上去已经重病在身。你觉得——真正的刘妍还活着吗？"

"我赌五块钱她已经死了。"宋麦克说，"像他们那种有钱人，看不好的病，就是真的没办法了。"

"同意。我也觉得她已经死了。"我一边说，一边慢慢理清思路，"陆国涛一直私自研发电子脑。他犯事儿外逃后，通过刘妍来继续管理公司。几年后，刘妍得了绝症，死期将近，他们决定制作一个以假乱真的刘妍机器人来维持运作。"

想了想，我又补充了句："他们给机器人再弄个机器人宠物。真是十分奇妙的安排。"

宋麦克看我一眼："可能他们不想让假刘妍过多接触外人，时间长了，总有露馅儿的风险。通过一个机器人秘书出面代理，合理得多。一条安全的傀儡链。"

我垂下眼睛，拨拉着盘子里的生菜叶碎片："所以，你早知道刘妍是陆国涛的前妻，陆国涛又犯了事。你为什么还接这个私人委托？除非你还打算顺藤摸瓜，捉陆国涛归案。"

他不作声。

我继续说："还有个更大的疑问。刘妍的机器人——也就是背后的陆国涛，为什么会委托你去找失踪的 3908？他完全有财力再从 J 匠那里定制一个机器人。我们可以忘了那些机器人是家庭成员和伙伴的虚假温情。陆国涛是个理智的冷血商人，3908 的脑子里肯定有某些装置，能在紧急情况下，将其中的资料远程清零。他也肯定知道，你是当年执意想追责的那个警察。他应该对你避之不及才对。"

宋麦克仍拒绝和我对视。

我能听出自己的声音越拔越高，掩不住怒火："老大，这是个陷阱。别说你看不出来。"

"我不是想充什么狗屁英雄。"他终于开口说，声音沙哑，粗短的手指将油腻的短发从额头拢到后脑。

我扬眉。

他抬起眼，视线越过我的肩，空落落掉到虚无中："陆国涛清楚3908可能已经失控了。他自己兜不住这摊子事，他怕仓库案旧事重演，而受害者不只是小混混。我是少数几个知道事态能有多糟的人。"

将残酒倒入桌边的装饰性花盆里，宋麦克说："他不是想找回那个失踪的3908。他只是通知我，最好去收拾掉一个大麻烦。"

05

那天凌晨，从酒吧出来，和宋麦克分别前，我半是强迫性地逼他答应，不要独自去追索那个可能已经发了疯的仿真机器人。

他笑着答应了，速度之快令人生疑。

而我看着那辆破车歪歪扭扭开走，意识到自己实质上束手无策：当年他调查仓库案的细节，我几乎是一无所知。今夜他向我述说的，肯定只是冰山一角。宋麦克眼里，我永远还是那个实习生小姑娘。他出于某种愚蠢的直男自尊心，想把我撇出这桩危险的事。

陆国涛。

我默念着这个名字，回到自己狭窄的公寓。已是凌晨两点，我在床上躺了半小时，徒劳地闭上眼睛，满脑子全是J匠工作室里的人体残片。

我烦躁地翻身坐起，拎出笔记本电脑，盘腿而坐。宋麦克说过，陆国涛是由于另一件他掩盖不了的事情，不得不逃离此地。他含糊的说辞令人起疑。既然已经知道了陆国涛的名字和案发时间节点，也许找到某些线索并非难事。

我翻出手机通讯录，又找出几位警校培训时结识的总局技术科刑警的电话。在等待通话时，我联入局里的内部信息网，开始着手慢慢筛检信息。

06

"老宋？"我大力敲门。

等了半分钟，没回音。

我直接刷虹膜认证，进了宋麦克的办公室。曾几何时，我还是他的助理。调职后，他也一直没取消我的门禁权限。

里面一股子烟味。我开了换气扇，在房间里巡视一圈。仓库案的旧卷宗摊在桌上，翻得太频繁，边角都卷了起来。台式计算机的电源也亮着，我晃晃鼠标，屏幕跳出密码框。

算了。

他的外套和车钥匙不在。

我骂了声，这货是故意甩开我的。今天早上，我把整理出的资料汇总发给了他，电话留言让他等我来局里。陆国涛可远不只是个玩火过头偶尔导致悲剧的疯狂科学家。

虽然宋麦克追踪陆国涛行踪多年，我仍拿不准，他是否知道对手有多可怕。宋麦克是个老派警察，他并不长于网络资料挖掘和整合。而在仓库案被官方封存后，他也无法得到局里技术员的帮助。

心急火燎赶来局里，结果仍是扑了个空。

我能想象他解释时的嘴脸：我不能带着个女人一起去追捕发疯的杀人机器。老天，他都脱离一线好几年了，也没见参加任何体能训练。现在八成连个街头混混都打不过。

"张，借一下你的车。"我摸出手机，打给局里的一位改装车爱好者。对方答应得很痛快。

驶入山区时，我开始庆幸自己借车的决定。顺滑的公路没多久即变成了坑坑洼洼的石道。市里已经没钱维护这些偏远的公路网了。

一路上，打给宋麦克的电话他都没接。我则努力不去想仓库案卷宗里的现场照片。

好在没过多久，就看到了他的破车，歪在辅路上。

我停车，摸了摸配枪。击毙一个机器人得打它的腹部，它的能源在那儿——再次默念这个刚刚学到的知识，我踢开车门。

"老宋！"我喊了一声。

四周寂静无声。公路两边全是碎石滩，耸立着巨大的岩块，石缝间某种开黄花的入侵植物长得漫山遍野。

"我在这儿呢。"他应了声，声音中透出一丝无奈，"不是叫你别过来！"

松了口气，循声绕过几块巨岩，我看到了宋麦克。

他正蹲在一具人类的尸体边。不，是一具被损毁的机器人。

3908 仍穿着他失踪那天穿的高级定制西服，衬衫掀开，能看到腹部的能源模块不见了。原本精美绝伦的面部，已变得惨不忍睹，像被人故意破坏的。J 匠看到眼下的场景肯定会痛心疾首，我想。

"破坏面部，是为了防止有人认出它？"我在宋麦克身边蹲下，"没什么意义吧，整个港区估计也就这么一个高级男性仿真机器人。"

"不是我干的。"宋麦克说，"我找到它时，它已经是这副模样了。我觉得破坏者动手毁容，更像是妒忌。"

"谁会妒忌——"我愣了愣，摇头，"我的天。"

宋麦克站起来："你来得倒也是时候，帮我一起挖个坑把它埋了。

万一有人看到当成人类尸体报警，又是个麻烦。"

"要干体力活儿时，你倒想不起我是个女的了？"

我们一起在石滩上清理出一个浅坑，将 3908 的尸体挪进去。它的电子脑也被取走了，只留下空空的脑壳。捡起石块往它的身体上压时，能听到细微的金属与塑料摩擦的吱吱声。

最后，我找了块有特殊花纹的方形石块，放在它的坟头，然后退后几步，拿手机拍了张照片。

宋麦克看了我一眼："打算给刘妍一个交代？你知道我们不能——"

"别这么混蛋。"我叹了口气，"我知道。"

07

回警局的路上，我们一路沉默。

宋麦克跟着我去还车钥匙。在局里溜了一圈，可能见我脸色缓和下来，终于他敢开口："上天台聊聊？"

顶楼天台空无一人。蓄了几天的秋雨降下来了，滴滴答答敲着顶棚，水迹在墙上画出道道印迹。

"你是怎么找到 3908 的？"我抱着一杯热巧克力，让蒸汽温暖僵硬的面部。

"是陆国涛想让我们找到尸体，把定位器直接放回去了。"宋麦克的声音干哑，他没买饮料，直接燃了支烟，"我昨天从 J 匠手里弄到了那个信号频段。陆国涛等于把 3908 的位置直接送到我鼻子底下了。"

他顿了顿："你又是怎么跟上来的？"

我犹豫一下，还是直说了。"我定位了你的手机。"

"你能耐了。"他笑骂，听上去并不是很介意。

"我很担心你。"

他尴尬地挠挠头，闷了半天，憋出一声抱歉。

我摇头。"昨天夜里，我想办法进了交通监控数据库，找到了那段所谓 3908 失踪的视频。是陆国涛直接把 3908 接走的。当时我吓坏了，认为陆国涛是想设局杀你灭口。他干得出来。他是那种人。"

"我知道。"宋麦克伸脚将烟蒂碾灭，"我也误会了。直到看到 3908 的尸体，才反应过来，陆国涛想利用我收拾的，不是那个 3908，是他的机器老婆。"

"他为什么不能自己动手？"我扬眉。

"天知道，也许是下不了手。毕竟那些鬼玩意儿太像活人了。"宋麦克耸肩，"今天晚上，我约了陆国涛见面，就在刘宅。把整件事儿做个了断。你也带上配枪。"

"他居然敢来？"

"我跟他说，要是他不屈尊过来直接谈清楚，我不会管这事儿的。"宋麦克说，抖落空烟盒，烦躁地将之直接掷进雨幕，"等他的假老婆在别墅区发疯，伤到其他有头有脸的好市民，他可以试试自己收拾。"

我喝了口热饮，闭上眼睛。糖分带来的安慰聊胜于无。

"你说，3908、刘妍，知道自己是机器人吗？"

"有区别吗？"

"我不知道。"

"你不能犹豫。"宋麦克转向我，语气生硬，"这事儿没商量的余地。"

我叹气，向他保证："当然，我们今天晚上得处理掉所有危险的机器人。它们都是巨大的安全威胁。我看过仓库案的卷宗，我知道。"

他盯着我："它们只是长得像人类而已。你别多愁善感。"我叹了声。

08

第二次去刘妍家，仍是宋麦克开车。我靠在后座，抚着外套内袋里的手枪，那份金属的冰冷感直击我的胃部。

我给人们带去过很多坏消息。警局的潜规则：要是由看上去温柔和善的女人带去噩耗，也许能减少伤害。于是我敲开过一扇又一扇的门，告诉母亲，她们的孩子在车祸中身亡；告诉妻子，她们的丈夫正在监狱里。

眼下，只是需要去通知一个机器人，它的机器人伙伴再也回不来了。我不知道自己为什么如此悲伤。

它们的情绪只是一段程序而已。而且它的悲伤也不会持续太久。

我闭上眼睛，再次回想起刘妍，那个清秀单薄的中年女人眉眼中一瞬间的孤独与自我嘲讽。都是假象，都是程序。她早晚会崩坏成杀人机器，她必须被处理掉。私心里，我希望宋麦克能干掉脏活儿，留给我的任务只是帮他一起处理"假刘妍"的残骸。就像那天埋葬 3908 那样。

但直觉告诉我，这事儿宋麦克可能下不了手。他是个老派的男人。要他击毙一个无辜的女人，过于强人所难。然而，这事必须有人干。

我再次检查手枪的子弹数量。

刘妍的别墅在雨夜里像一座湿漉漉的精致模型，白得透亮。

我们在房子背后的小山坡上停车。宋麦克看了好几次表，终于，远处传来发动机的轻微轰鸣。是辆熟悉的黑色轿车，我们都在监控录像里见过。

"你待在车里。"宋麦克说。

原先的安排即是如此，我点头。

他下车，陆国涛也从轿车里钻出来。和失踪前的旧照片相比，陆国涛胖了。棱角分明的长脸变得圆团团一片和气，两鬓的头发已然全白。

"宋警长。"陆国涛说。

"我不想和你握手。"宋麦克在离他几步远的地方停下说。

他们的声音通过宋麦克身上的微型话筒传回来，杂音沙沙作响。

"可以理解，我给你们添过很多麻烦。"陆国涛收回手，点点头，"今天又得拜托你了。"

"我怎么知道，帮你擦了这次屁股，不会有下一次。还没完没了了。"宋麦克说，"警力是给你这么闹着玩儿的？"

"不会有下一次了。"陆国涛说，他伸手进衣兜。

我呼吸一室，结果那商人只是掏出了烟盒。"刘妍和3908，是特殊的。我没打算在贵地继续实验电子脑，仓库那件事已经给了我们——足够的教训。"

"解释一下。"宋麦克说。

"复杂程度高的电子脑和机器躯体的配合问题，一直没解决。它们会失控。我和我下面的团队试过很多方案想稳定它们的心智，只有一种暂时有效。"谈到这些，陆国涛口吻像是有了点活气，像所有谈及自己深爱事业的人一样，"要是给电子脑输入大量活人的记忆作为运行基础，至少在模拟器上，能正常运作三年到五年。可惜的是，现在的技术还不能无损地提取活人脑中的记忆。我们出钱找了不少绝症病人当志愿者。"

我感到恶心。

陆国涛说得漂亮，实际上他的实验品远不止"自愿"的绝症患者。几桩地外孤儿院丑闻的爆发，才是他当年畏罪潜逃的真正原因。看着卷宗那些孩子的遗照，可以说，他根本没有人性。

"真是个慈善家，我代表那些病人感谢你。后来你发现自己老婆也活不长了？"宋麦克打断他。

"是的。"陆国涛承认，口气波澜不兴。

"她得的什么病？"

"一种太空辐射导致的后遗症。早年我们刚开始做小行星土地倒卖时，去看地的都是她。"陆国涛苦笑，"谁都不知道报应会在二十年后等着我们。她知道自己来日无多后，提出来，用她的记忆制作一个仿真机器人，来继续出面代理我们的生意。我刚开始没同意，这就像——"

他表情扭曲，做了个手势："面对自己妻子复活的尸体。"

"为你的痛苦感到抱歉。"宋麦克声调平板。大概连一堵墙都能听出他语气里的嘲讽。

陆国涛也可能意识到站在面前的不是抒发感情的合适对话者，他干咳一声："但我们也走投无路了。我是已列为失踪人口的逃犯，出钱雇佣别人作为代理风险又太大。我们一起去找了J匠，定制了她的替身和一个助理。"

"那个助理也是用真人记忆做出来的？哪儿来的？"宋麦克问。

陆国涛低下头，烟头燃起的微光照亮了他的面孔。他比实际年龄看上去苍老得多。

"3908是我的复制品。"

"你刚才说，现在还没办法——"宋麦克皱眉。

"我接受脑损伤的风险。手术后我经常发作癫痫，短期失忆，情绪控制也有问题。"陆国涛笑起来，"但我没其他选择了，用别人的记忆，复制人不会全心全意为我的利益考虑。"

宋麦克一时无话，我也愣在车里。3908的残骸躺在乱石滩中，被毁掉的面孔……宋麦克说过，这种恶意像是出于妒忌。

陆国涛杀死的是另一个自己？

"刘妍的机器人版本开始运作时，我们之间的关系很尴尬。她实际上并不知道自己是个机器人。我们定期对她的记忆进行调整，抹掉所有穿帮的时刻，帮助她维持稳定的世界观。"陆国涛倚靠在车门边，语声又轻又急，"她从理性上知道自己是我的妻子，但她显然不爱我了。我能从她的眼睛里看出来。从活人到机器，转换的过程里肯定丢掉了什么东西。我原来以为电子脑就没有感情这个功能。反正我们的目的只是维持生意。那个和我过了一辈子的女人已经死了。"

他又尖声尖气笑了起来，那声调令我浑身发麻："但她和阿妍真的太像了。每次我看到她，就觉得她其实没死。我当然也没那么疯，会想和一堆塑料和金属零件睡觉。我们维持一种工作关系。直到差不多一年前，我和团队检查刘妍和 3908 的记忆时，发现他俩相爱了。"

"哦。"宋麦克说。

"我还不至于吃自己机器人小白脸版本的醋。你别用这种眼光看我，我头上没绿。我老婆死了好多年了。再说，机器版本的我和机器版本的刘妍再次看对眼，不是很正常的事吗？"

陆国涛耸肩，掐灭烟头："但这给我们的工作带来了麻烦。他们不能有感情生活。我们不得不经常清洗掉他们整块的记忆，来维持他们'自己是活人'的假象。"

"太麻烦了，所以你决定处理掉 3908。"

"麻烦？我为了造他，把自己搞成了残废。"陆国涛提高声调，"电子脑经不起这么反复操弄。本来他们的系统稳定时间也只在三年到五年之间，又多了这事，他俩已经到了损耗殆尽的边缘，他们该退休了。我自己处理掉了 3908。"

他声音发抖，说不下去了。

"但你没法下手处理刘妍。"宋麦克替他接下去，"所以你想到了我。"

"最后一次。你想要什么条件我都能给。钱，升职，我在港区的关系网还能办成点事。"陆国涛轻声说，"我不会再弄出新的刘妍了。她应该安息。这事解决后我就会离开地球。你不会再看到我。"

宋麦克轻轻哼了声。

他们的背影在夜雨中像两截枯木。

"你去解决刘妍的事。这里交给我。"宋麦克在通讯器里对我说。

我应了声，跳下车，往山坡下的刘妍家走去。

走出百多米时，我听到身后传来一声枪响。

09

第二次看到她，我控制不住自己，细细打量她的眼睛，她的头发，她呼吸时微微起伏的胸口。

J匠确实巧夺天工。

刘妍注意到我的眼神，笑了，侧身让我进去："你知道了？"

她知道自己是个机器人。

"我们的对话应该不会很长，就不请你坐了。"她说。今天她穿着一身淡米色麻布衬衫和休闲裤，头发在脑后编成希腊式的发髻，还化了淡妆。

我们站在门厅的地毯上，相视无言。

"3908是老陆处理掉的？"刘妍垂下眼睛，问。

"是的。"我承认。

她知道多少？会不会垂死反抗？我想起仓库案的现场照片，冷汗顺着脊背直往下淌。

"他没受什么苦吧？"刘妍小声说。

你丈夫把 3908 的脸都砸了，我想掏出手机，调出 3908 埋葬之地的照片："没有，只是把电池取走了。我们把他埋了，不会有人打扰他的。"

"老陆肯定还会把电子脑毁掉。这样才安全。"她盯着那片荒凉石滩看了很久，顿了顿，"等下，我希望你也这么处理我。"

我一时间不知道说什么好。

"我有刘妍的很多记忆。我知道，我们这种机器人，到了一定时限，不处理掉就会疯。"她说，眼周细细的纹路由于微笑而聚拢，"找你们，是我和老陆一起商量出来的主意。老陆下不了手杀我，只会一天天拖下去，直到事情变得无可挽回。"

所以她今天精心打扮了。她知道死期将近，想结束得体面些。

"你想在哪里——"我说。

"在花园里吧，刘妍活着的时候最喜欢侍弄花园。也方便你们处理，阿图已经帮忙挖好了一个坑。"她眨眨眼，"我现在可是个 130 公斤重的金属女人。"

10

"你弄完了？"宋麦克问。

我摇头。

陆国涛的尸体正躺在山坡上。

"你要是回局里检举我，我不会怪你的。"他说，大概觉得自己特别有孤胆英雄范儿地企图在雨中点烟。

可惜他的打火机不是陆国涛那种高级货，试了几次都无果。

"闭嘴。"我抓起死者的双腿，"快过来一起抬。"

宋麦克愣了愣，立马冲过来。我们一起把陆国涛的尸体装进车后备厢，驶进刘妍家。刚才，我已经找到了刘妍家内部的安保控制系统，关掉了警报系统。

陆国涛想处理掉自己制造出的机器人，结果反被暴走的机器人击杀。完美的故事。我对刘妍感到抱歉，她没能在自己准备好的、花园玫瑰摇曳下的墓穴里安息。

但也只能这样了。

回程路上，我们俩都全身脏兮兮的，累得动不了一根指头。幸好宋麦克的破车有自动驾驶系统，否则就凭我们颤抖的双手，没准会撞死在高速公路的围栏上。

宋麦克好几次侧头看我，欲言又止。

今天晚上我没力气再打哑谜了。宋麦克对仓库案多年来如此执着，除了正义感，他肯定也有私人理由。不用是天才警察也能猜到这点。

"当年仓库里死掉的十三个人里，有你的朋友。"我说。

"是兄弟。"他承认，"还有三个从小一起长大的发小。我是在十景长大的。为了考进警局，我改头换面。没人知道。"

我点头，完全在意料之中："姓陆的是罪有应得，他为了搞那个见鬼的研究，手中的人命已经有近三位数了。我们要是不阻止他，他还会继续干。干掉他是对的。"

宋麦克没应声。

究竟他是看完孤儿院失踪案卷宗才决定击毙陆国涛，还是早有预谋，我不想再思考。我只确认一点：让陆国涛安安静静躺在地下，这个世界会更安全一些。

"你说得对。他值得吃一颗子弹。"宋麦克终于捂住脸粗哑地笑起来，"我欠你一次大的。"

尾声

车窗外，雨仍在下，雨痕在玻璃上描出蜿蜒扭曲的泪痕。

说来也许是另一件奇妙之事。刘妍和陆国涛，他们活着时是一对完全不介意别人生命安危的、自私的狗男女，"转世"成为电子机械后，反变成了不愿伤害无辜者、自愿赴死的可爱情人。

我伸手触摸衣兜里的一小缕黑色人造头发和一枚戒指。

等事情完全平息后，我会再去一趟乱石滩。机器人刘妍希望自己的一部分能和 3908 合葬。

若是完成这件事，我大概能最终忘记她的眼睛。

巴鳞

陈楸帆

我用我的视觉来判断你的视觉，用我的听觉来判断你的听觉，用我的理智来判断你的理智，用我的愤恨来判断你的愤恨，用我的爱来判断你的爱。我没有、也不可能有任何其他的方法来判断它们。

——亚当·斯密《道德情操论》

巴鳞身上涂着厚厚一层凝胶，再裹上只有几个纳米薄的贴身半透膜，来自热带的黝黑皮肤经过几次折射，星空般深不可测。我看见闪着蓝白光的微型传感器漂浮在凝胶气泡间，如同一颗颗行将熄灭的恒星，如同他眼中小小的我。

"别怕，放松点，很快就好。"我安慰他，巴鳞就像听懂了一样，表情有所放松，眼睑处堆叠起皱纹，那道伤疤也没那么明显了。

他老了，已不像当年，尽管他这一族人的真实年龄我从来没搞清楚过。

助手将巴鳞扶上万向感应云台，在他腰部系上弹性拘束带，无论他往哪个方向以何种速度跑动，云台都会自动调节履带的方向与速度，保证用户不位移不摔倒。

我接过助手的头盔，亲手为巴鳞戴上，他那灯泡般鼓起的惊骇双眼隐没在黑暗里。

"你会没事的。"我用低得没人听见的声音重复，就像在安慰我自己。

头盔上的红灯开始闪烁、加速，过了那么三五秒，突然变成绿色。

巴鳞像是中了什么咒语般全身一僵，活像是听见了磨刀石霍霍作响的羔羊。

那是我十三岁那年的一个夏夜，空气湿热黏稠，鼻孔里充斥着台风前夜的霉锈味。

我趴在祖屋客厅的地上，尽量舒展整个身体，像壁虎般紧贴凉爽的绿纹镶嵌石砖，直到这块区域被我的体温捂得热乎，再就势一滚，寻找下一块阵地。

背后传来熟悉的皮鞋敲地声，一板一眼，在空旷的大厅里回荡，我知道是谁，可依然趴在地上，用屁股对着来人。

"就知道你在这里，怎么不进新厝吹空调啊？"

父亲的口气柔和得不像他。他说的新厝是在祖屋背后新盖的三层楼房，全套进口的家具电器，装修也是镇上最时髦的，还特地为我辟出来一间大书房。

"不喜欢新厝。"

"你个不识好歹的家伙！"他猛地拔高了嗓门，又赶紧低声咕哝几句。

我知道他在跟祖宗们道歉，便从地板上昂起脑袋，望着香案上供奉的祖宗灵位和墙上的黑白画像，看他们是否有所反应。

祖宗们看起来无动于衷。

父亲长叹了口气："阿鹏，我没忘记你的生日，从岭北运货回来，高速路上遇到事故，所以才迟了两天。"

我挪动了下身子，像条泥鳅般打了个滚，换到另一块冰凉的地砖上。

父亲那充满烟味儿的呼吸靠近我，近乎耳语般哀求："礼物我早就准备好了，这可是有钱都买不到的哟！"

他拍了两下手，另一种脚步声出现了，是肉掌直接拍打在石砖上的声音，细密、湿润，像是某种刚从海里上岸的两栖类。

我一下坐了起来，眼睛循着声音的方向，那是在父亲的身后，藻绿色花纹地砖上，立着一个黑色影子，门外膏黄色的灯光勾勒出那生灵的轮廓，如此瘦小，却有着不合比例的膨大头颅，就像是镇上肉铺挂在店门口木棍上的羊头。

影子又往前迈了两步。我这才发现，原来那不是逆光造成的剪影效果，那个人，如果可以称其为人的话，浑身上下，都像涂上了一层不反光的黑漆，像是在一个平滑正常的世界里裂开一道缝，所有的光都被这道人形的缝给吞噬掉了，除了两个反光点，那是他那对略微凸起的双眼。

现在我看得更清楚了，这的的确确是一个男孩，他浑身赤裸，只用类似棕榈与树皮的编织物遮挡下身，他的头颅也并没有那么大，只因为盘起两个羊角般怪异的发髻，才显得尺寸惊人。他一直不安地研究着脚底下的砖块接缝，脚趾不停蠕动，发出昆虫般的抓挠声。

"狍鸮族，从南海几个边缘小岛上捉到的，估计他们这辈子都没踩过地板。"

我失神地望着他，这个或许与我年纪相仿的男孩，他身上的某种东西让我感觉怪异，尤其是父亲将他作为礼物这件事。

"我看不出来他有什么好玩的，还不如给我养条狗。"

父亲猛烈地咳嗽起来。

"这可比狗贵多了。如果不是亲眼看到，你老子可不会当这冤大头。真的是太怪了……"他的嗓音变得缥缈起来。

一阵沙沙声由远而近，我打了个冷战，起风了。

风带来男孩身上浓烈的腥气，让我立刻想起了某种熟悉的鱼类，一种瘦长、铁乌的廉价海鱼。

我想这倒是很适合作为一个名字。

父亲早已把我的人生规划到了四十五岁。

十八岁上一个省内商科大学，离家不能超过三个小时火车车程。

大学期间不得谈恋爱，他早已为我物色好了对象，他的生意伙伴老罗的女儿，生辰八字都已经算好了。

毕业之后结婚，二十五岁前要小孩，二十八岁要第二个，酌情要第三个。

要第一个小孩的同时开始接触父亲公司的业务，他会带着我拜访所有的合作伙伴和上下游关系。

孩子怎么办？有他妈，有老人，还可以请几个保姆。

三十岁全面接手林氏茶叶公司，在这之前的五年内，我必须掌握关于茶叶的辨别、烘制和交易知识，同时熟悉所有合作伙伴和竞争对手的喜好与弱点。

接下来的十五年，我将在退休父亲的辅佐下，带领家族企业开枝散叶，走出本省，走向全国，运气好的话，甚至可以进军海外市场。这是他一直想追求却又瞻前顾后的人生终极目标。

在我四十五岁的时候，我的第一个孩子也差不多要大学毕业了，我将像父亲一样，提前为他物色好一任妻子。

在父亲的宇宙里，万物就像是咬合精确、运转良好的齿轮，生生不息。

每当我与他就这个话题展开争论时，他总是搬出我的爷爷，他的爷爷，我爷爷的爷爷，总之，指着祖屋一墙的先人们骂我忘本。

他说，我们林家人都是这么过来的，除非你不姓林。

有时候，我怀疑自己是否真的生活在二十一世纪。

我叫他巴鳞，巴在土语里是"鱼"的意思，巴鳞就是有鳞的鱼。

可他看起来还是更像一头羊，尤其是当他扬起两个大发髻、望向远方海平线的时候。父亲说，狍鸮族人的方位感特别强，即便被蒙上眼，捆上手脚，扔进船舱，飘过汪洋大海，再日夜颠簸经过多少道转卖，他们依然能够准确地找到故乡的方位，尽管他们的故土在最近的边境争端中仍然归属不明。

"那我们是不是得把他拴住，就像用链子拴住土狗一样？"我问父亲。

父亲怪异地笑了，他说："狍鸮族比咱们还认命，他们相信这一切都是神灵的安排，所以他们不会逃跑。"

巴鳞渐渐熟悉了周围的环境，父亲把原来养鸡的寮屋重新布置了一下，当作他的住处。巴鳞花了很长时间才搞懂床垫是用来睡觉的，但他还是更愿意直接睡在沙石地上。他几乎什么都吃，甚至把我们吃剩的鸡骨头都嚼得只剩渣子。我们几个小孩经常蹲在寮屋外面看他怎么吃东西，也只有这时候，我才得以看清他的牙齿，如鲨鱼般尖利细密的倒三角形，毫不费力地把嘴里的一切撕得稀烂。

我总是控制不住去想象那口利齿咬在身上的感觉，然后心里一哆嗦，有种疼却又上瘾的复杂感受。

巴鳞从来没有开口说过话，即便是面对我们各种挑逗，他也是紧闭着双唇，一语不发，用那双灯泡般的凸眼盯着我们，直到我们放弃尝试。

终于有一天，巴鳞吃饱了饭之后，慢悠悠地钻出寮屋，瘦小的身体挺着饱胀的肚子，像一根长了虫瘿的黑色树枝。我们几个小孩正在玩捉水鬼的游戏，巴鳞晃晃悠悠地在离我们不远处停下，颇为好奇地看着我们的举动。

"捞虾洗衫，玻璃刺脚丫。"我们边喊着，边假装是在河边捕捞的渔夫，从砖块垒成的河岸上，往并不存在的河里，试探性地伸出一条腿，点一点河水，再收回去。

而扮演水鬼的孩子则来回奔忙，徒劳地想要抓住渔夫伸进河水里的脚丫，只有这样，水鬼才能上岸变成人类，而被抓住的孩子则成为新的水鬼。

没人注意到巴鳞是什么时候开始加入游戏的，直到隔壁家的小娜突然停下，用手指了指。我看到巴鳞正在模仿水鬼的动作，左扑右抱，只不过，他面对的不是渔夫，而是空气。小孩子经常会模仿其他人的说话或肢体语言，来取乐或激怒对方，可巴鳞所做的和我以往见过的都不一样。

我开始觉察出哪里不对劲了。

巴鳞的动作，和扮演水鬼的阿辉几乎是同步的，我说几乎，是因为单凭肉眼已无法判断两者之间是否存在细微的延迟。巴鳞就像是阿辉在五米开外凭空多出来的影子，每一个转身，每一次伸手，甚至每一回因为扑空而沮丧的停顿，都复制得完美无缺，毫不费力。

我不知道他是如何做到的，就像是完全不用经过大脑。

阿辉终于停了下来，因为所有人都在看着巴鳞。

阿辉走向巴鳞，巴鳞也走向阿辉，就连脚后跟拖地的小细节都一模一样。

阿辉："你为什么要学我！"

巴鳞同时张着嘴，蹦出来的却是一堆乱七八糟的音节，像是坏掉的收音机。

阿辉推了巴鳞一把，但同时也被巴鳞推开。

其他人都看着这出荒唐的闹剧，这可比捉水鬼好玩多了。

"打啊！"不知道谁喊了一句，阿辉扑上去和巴鳞扭抱成一团，这种打法也颇为有趣，因为两个人的动作都是同步的，所以很快谁都动弹不了，只是大眼瞪小眼。

"好啦好啦，闹够了就该回家了！"一只大手把两人从地上拎起来，又强行把他们分开，像是拆散了一对连体婴。是父亲！

阿辉愤愤不平地朝地上唾了一口，和其他家小孩一起作鸟兽散。

这回巴鳞没有跟着做，似乎某个开关被关上了。

父亲带着笑意看了我一眼，那眼神似乎在说，现在你知道哪儿好玩了吧。

"我们可以把人脑看作一个机器，笼统地说来，它只干三件事：感知、思考还有运动控制。如果用计算机打比方，感知就是输入，思考就是中间的各种运算，而运动控制就是输出，它是人脑能和外界进行交互的唯一方式。想想看为什么？"

在老吕接手我们班之前，打死我也没法相信，这是一个体育老师说出来的话。

老吕是个传奇，他个头不高，大概一米七二的样子，小平头，夏天可以看到他身上鼓鼓的肌肉。据说他是从国外留学回来的。

当时我们都很奇怪，为什么留过洋的人要到这座小破乡镇中学来当老师。后来听说，他是家中独子，父亲重病在床，母亲走得早，没有其他亲戚能够照顾老人，老人又不愿意离开家乡，说狐死首丘。无奈之下，他只能先过来谋一份教职，他的专业方向是运动控制学，校长想当然地让他当了体育老师。

老吕和其他老师不一样，和我们一起厮混打闹，就像是好哥们儿。

我问过他，为什么要回来？

他说，有句老话叫父母在，不远游。我都远游十几年了，父母都快不在了，也该为他们想想了。

我又问他，等父母都不在了，你会走吗？

老吕皱了皱眉头，像是刻意不去想这个问题，他绕了个大圈子，说，在我研究的领域有一个老前辈叫 Donald Broadbent，他曾经说过，控制人的行为比控制刺激他们的因素要难得多，因此在运动控制领域很难产生类似于"A 导致 B"的科学规律。

所以？我知道他压根儿没想回答我。

没人知道会怎么样。他点点头，长吸了一口烟。

所有人都觉得他待不了太久，结果，老吕从我初二教到了高三，还娶了个本地媳妇生了娃。正应了他自己那句话。

我们开始用的是大头针，后来改成用从打火机上拆下来的电子点火器，咔嚓一按，就能迸出一道蓝白色的电弧。

父亲觉得这样做比较文明。

人贩子教他一招，如果希望巴鳞模仿谁，就让两人四目对视，然后给巴鳞"刺激一下"，等到他身体一僵，眼神一出溜，连接就算完成了。他们说，这是狍鸮族特有的习俗。

巴鳞给我们带来了无数的欢乐。

我从小就喜欢看街头艺人表演，无论是皮影戏、布袋戏还是扯线木偶。我总会好奇地钻进后台，看他们如何操纵手中无生命的玩偶，演出牵动人心的爱恨情仇，对年幼的我来说，这就像法术一样。而在巴鳞身上，我终于有机会实践自己的法术。

我跳舞，他也跳舞；我打拳，他也打拳。原本我羞于在亲戚朋友面前展示的一切，如今却似乎借助巴鳞的身体，成为可以广而告之的演出项目。

我让巴鳞模仿喝醉了酒的父亲。然后我们躲在一旁笑得满地打滚，直到被家属拿着晾衣竿在后面追着打。

巴鳞也能模仿动物，猫、狗、牛、羊、猪都没问题，鸡鸭不太行，鱼完全不行。

他有时会蹲在祖屋外偷看电视里播放的节目，尤其喜欢关于动物的纪录片。当看见动物被猎杀时，巴鳞的身体会无法遏制地抽搐起来，就好像被撕开腹腔内脏横流的是他一样。

巴鳞也有累的时候，模仿的动作越来越慢，误差越来越大，像是松了发条的铁皮人，或者是电池快用光的玩具汽车，最后就是一屁股坐在地上，怎么踢他也不动弹。解决方法只有一个，让他吃，死命吃。

除此之外，他从来没有流露出一丝抗拒或者不快，在当时的我看来，巴鳞和那些用牛皮、玻璃纸、布料或木头做成的偶人并没有太大的区别，只是忠实地执行操纵者的旨意，本身并不携带任何情绪，甚至是一种下意识的条件反射。

直到我们厌烦了单人游戏，开始创造出更加复杂而残酷的多人玩法。

我们先猜拳排好顺序，赢的人可以首先操纵巴鳞，去和猜输的小孩对打，再根据输赢进行轮换。我猜赢了。

这种感觉真是太酷了！我就像一个坐镇后方的司令，指挥着士兵在战场上厮杀，挥拳、躲避、飞腿、回旋踢……因为拉开了距离，我可以更清楚地看清对方的意图和举动，从而做出更合理的攻击动作。更因为所有的疼痛都由巴鳞承受了，我毫无心理负担，能够放开手脚大举反扑。

我感觉自己胜券在握。

但不知为何，突然所有的动作传递到巴鳞身上似乎都丧失了力道，丝毫无法震慑对方，更谈不上伤害。很快巴鳞便被压倒在地上，饱受痛揍。

"咬他，咬他！"我做出撕咬的动作，我知道他那口尖牙的威力。

可巴鳞似乎断了线般无动于衷，忍受拳头不停落下，他的脸颊肿起。

"噗！"我朝地上一吐，表示认输。

换我上场，成为那个和巴鳞对打的人。我恶狠狠地盯着他，他的脸上流着血，眼眶肿胀，但双眼仍然一如既往地无神平静。我被激怒了。

我观察着操控者阿辉的动作，我熟悉他打架的习惯，先迈左脚，再出右拳。我可以出其不意扫他下盘，把他放翻在地，只要一倒地，基本上战斗就可以宣告结束了。

阿辉左脚迅速前移，来了！我正想蹲下，怎料巴鳞用脚扬起一阵沙土，迷住我的眼睛。接着，便是一个扫堂腿将我放倒，我眯缝着双眼，双手护头，准备迎接暴风骤雨般的拳头。

事情并不像我想象的那样。拳头落下来了，却软绵绵的，一点力气都没有。我以为巴鳞累了，但很快发现不是这么回事，阿辉本身出拳是又准又狠的，但巴鳞刻意收住了拳势，让力道在我身上软着陆。拳头毫无预兆地停下了，一个暖乎乎臭烘烘的东西贴到我的脸上。

周围响起一阵哄笑声，我突然明白过来，一股热浪涌上头顶。

那是巴鳞的屁股。

阿辉肯定知道巴鳞无法输出有效打击，才使出这么卑鄙的招数。

我狠力推开巴鳞，一个鲤鱼打挺，将他反制住，压在身下。我眼睛刺痛，泪水直流，屈辱夹杂着愤怒。巴鳞看着我，肿胀的眼睛里也溢满了泪水，似乎懂得我此时此刻的感受。

我突然回过神来，高高地举起拳头。他只是在模仿。

"你为什么不使劲！"

拳头砸在巴鳞那瘦削的身体上，像是击中了一块易碎的空心木板，咚咚作响。

"为什么不打我！"

我的指节感受到了他紧闭的双唇下松动的牙齿。

"为什么！"

我听见嘶啦一声脆响，巴鳞右侧眉骨裂了一道长长的口子，一直延伸到眼睑上方，深黑皮肤下露出粉白色的脂肪，鲜红的血汩汩地往外涌着，很快在沙地上凝成小小的池塘。

他身上又多了一种腥气。

我吓坏了，退开几步，其他小孩也呆住了。

尘土散去，巴鳞像被割了喉的羊崽蜷曲在地上，用仅存的左眼斜睨着我，依然没有丝毫表情的流露。就在这一刻，我第一次感觉到，他和我一样，是个有血有肉，甚至有灵魂的人类。

这一刻只维持了短短数秒，我近乎本能地意识到，如果之前的我无法像对待一个人一样去对待巴鳞，那么今后也不能。

我掸掸裤子上的灰土，头也不回地挤入人群。

我进入 Ghost 模式，体验被囚禁在 VR 套装中的巴鳞所体验到的一切。

我或是巴鳞置身于一座风光旖旎的热带岛屿，环境设计师根据我的建议糅合了诸多岛屿上的景观及植被特点，光照角度和色温也都尽量贴合当地经纬度。

我想让巴鳞感觉像是回了家，但这丝毫没有减轻他的恐慌。

视野猛烈地旋转，天空、沙地、不远处的海洋、错落的藤萝植物，还有不时出现的虚拟躯体、像素粗粝的灰色多边形尚待优化。

我感到眩晕，这是视觉与身体运动不同步所导致的晕动症，眼睛告诉大脑你在动，前庭系统却告诉大脑你没动，两种信号的冲突让人不适。但对于巴鳞，我们采用最好的技术将信号延迟缩短到五毫秒以内，并用动作捕捉技术同步他的肉身与虚拟身体运动，在万向感应云台上，他可以自由跑动，位置却不会移动半分。

我们就像对待一位头等舱客人，呵护备至。

巴鳞一动不动地站在那里，他无法理解眼前的这个世界与几分钟前那个空旷明亮的房间之间的关系。

"这不行，我们必须让他动起来！"我对耳麦那端的操控人员吼道。

巴鳞突然回过头，全景环绕立体声让他觉察到身后的动静。郁郁葱葱的森林开始震动，一群鸟儿飞离树梢，似乎有什么巨大的物体在树木间穿行摩擦，由远而近。巴鳞一动不动地凝视着那片灌木。

一群巨大的史前生物蜂拥而出，即便是常识缺乏如我也能看出，它们不属于同一个地质时代。操控人员调用了数据库里现成的模型，试图让巴鳞奔跑起来。

他像棵木桩般站在那里，任由霸王龙、剑齿虎、新巴士鳄和各种古怪的节肢动物迎面扑来，又呼啸着穿过他的身体。这是物理模拟引擎的一个bug，但如果完全拟真，又恐怕实验者承受不了如此强烈的感官冲击。

这还没有完。

巴鳞脚下的地面开始震动开裂，树木开始七歪八倒地折断，火山喷发，滚烫猩红的岩浆从地表进射，汇聚成暗血色的河流，而海上掀起数十米高的巨浪，翻滚着朝我们站立的位置袭来。

"我说，这有点儿过了吧。"我对着耳麦说，似乎能听见那端传来的窃笑。

想象一个原始人被抛掷在这样一个世界末日的舞台中央，他会是一种什么样的感受。他会认为自己是为整个人类承担罪愆的救世主，还是已然陷入一种感官崩塌的疯狂境地？

又或者，像巴鳞一样，无动于衷？

突然，我明白了事情的真相。我退出Ghost模式，摘下巴鳞的头盔，传感器如密密麻麻的珍珠凝满黑色头颅，而他双目紧闭，四周的皱纹深得像是昆虫的触须。

"今天就到这里吧。"我无力叹息，想起多年前痛揍他的那个下午。

我与父亲间的战事随着分班临近日渐升温。

按照他的大计划，我应该报考文科，选政治或者历史，可我对这两门课毫无兴趣。我想报物理，至少也是生物，用老吕的话说是能够解决"根本性问题"的学科。

父亲对此嗤之以鼻，他指了指几栋家产，还有铺满晒谷场的茶叶，在阳光下碎金闪亮。

"还有比养家糊口更根本的问题吗？"

这就叫对牛弹琴。

我放弃了说服父亲，我有我的计划。通过老吕的关系，我获得了老师的默许，平时跟着文科班上语数英大课，再溜到理科班上专业小课，中间难免有些课程冲突，我也只能有所取舍，再用课余时间补上。老师也不傻，与其要一个不情不愿地中等偏下文科考生，不如放手赌一把，兴许还能放颗卫星，出个状元。

我本以为可以瞒过在外忙碌的父亲，把导火索留到填报志愿的最后一刻点燃。当时的我实在太天真了。

填报志愿的那天，所有人都拿到了志愿表，除了我。我以为老师搞错了。

"你爸已经帮你填好了！"老师故作轻描淡写，他不敢直视我的双眼。

我不知道自己怎么回的家，像失魂的野狗逛遍了镇里的大街小巷，最后鬼使神差地回到祖屋前。

父亲正在逗巴鳞取乐，他不知道从哪儿翻出一套破旧的军服，套在巴鳞身上显得宽大臃肿，活像一只偷穿人类衣服的猴子。他又开始玩当年在军队服役时学会的那一套把戏，立正、稍息、向左向右看齐、原地踏步走……在我刚上小学那会儿，他特别喜欢像个指挥官一样喊着口号操练我，而那却是我最深恶痛绝的事情。

已经很多年没有重温这一幕了，看起来父亲找到了一个新的下属。

一个绝对服从的士兵。

"一二一，一二一，向前踏步——走！"巴鳞随着他的口令和示范有模有样地踏着步子，过长的裤子在地上沾满了泥土。

"你根本不希望我上大学，对吗？"我站在他们俩中间，责问父亲。

"向右看齐！"父亲头一侧，迈开小碎步向右边挪动，我听见身后传来同样节奏的脚步声。

"所以你早就知道了，只是为了让我没有反悔的机会！"

"原地踏步——走！"

我愤怒地转身按住巴鳞，不让他再愚蠢地踏步，但他似乎无法控制住自己，军装裤腿在地上啪啦啪啦地扬起尘土。

我捧住他的脑袋，让他和我四目对视，一只手掏出电子点火器，蓝白色的弧光在巴鳞太阳穴边炸开，他发出类似婴儿般的惊叫。

我从他的眼神中确信，他现在已经属于我。

"你没有权力控制我！你眼里只有你的生意，你有考虑过我的前途吗？"

巴鳞随着气急败坏的我转着圈，指着父亲吼叫着，渐行渐近。

"这大学我是上定了，而且要考我自己填报的志愿！"我咬了咬牙，巴鳞的手指几乎要戳到父亲的身上。"你知道吗？这辈子我最不想成为的人就是你！"

父亲之前意气风发的军姿完全不见了，他像遭了霜打的庄稼，耷拉着脸，表情中夹杂着一丝悲哀。我以为他会反击，像以前的他一样，可他并没有。

"我知道，我一直都知道，你不想一辈子都走着别人给你铺好的路……"父亲的声音越来越低，几乎要听不见了，"像极了我年轻时的样子，可我没有别的选择……"

"所以你想让我照着你的人生再活一遍吗？"

父亲突然双膝一软，我以为他要摔倒，可他抱住了巴鳞。

"你不能走！你以为我不知道吗，出去的人，哪有再回来的？"

我操纵着巴鳞奋力挣脱父亲的怀抱，就好像他紧紧抱住的人是我。而这样的待遇，自我有记忆之日起，就未曾享受过。

"幼稚！你应该睁大眼睛，好好看看外面的世界了。"

巴鳞像是个失心疯的发条玩具，四肢乱打，军服被扯得乱七八糟，露出那黝黑无光的皮肤。

"你说这话时简直和你妈一模一样。"又一朵蓝白色的火花在巴鳞头上炸开，他突然停止了挣扎，像是久别重逢的爱人般紧紧抱住父亲。"你是想象她一样丢下我不管吗？"

我愣住了。

我从来没有从这个角度想过父亲的感受。我一直以为他是因为自私和狭隘才不愿意我走得太远，却没有想过是因为害怕失去。母亲离开时我还太小，并没有给我造成太大的冲击，但对于父亲，恐怕却是一生的阴影。

我沉默着走近拥抱着巴鳞的父亲，弯下腰，轻抚他已不再笔挺的脊背。这或许是我们之间所能达到的亲密的极限。

这时，我看到了巴鳞紧闭的眼角噙出的泪花。那一瞬间，我动摇了。

也许在这一动作的背后，除了控制之外，还有爱。

有一些知识我但愿自己能在十七岁之前懂得。

比方说，人类脑部的主要结构都和运动有关，包括小脑、基底核、脑干，皮层上的运动区以及感知区对运动区的直接投射等等。

比方说，小脑是脑部神经元最多的结构。在人类进化中，小脑皮层随着前额叶的快速增大而同步增大。

比方说，任何需要和外界进行的信息或物理上的交互，无论是操作工具、打手势、说话、使眼色、做表情，最终都需要通过激活一系列的肌肉来实现。

比方说，一条手臂上有二十六条肌肉，每条肌肉平均有一百个运动单元，由一条运动神经和它所连接的肌纤维组成。因此，光控制一条胳膊的运动，就至少有二的两千六百次方种可能性，这已经远远超出了宇宙中原子的数量。

人类的运动如此复杂而微妙，每一个看似漫不经意的动作中都包含了海量的数据运算分析与决策执行，以至于目前最先进的机器人尚无法达到三岁小孩的运动水平。

更不要说动作中所隐藏的信息、情感与文化符号！

在前往高铁车站的路上，父亲一直保持沉默，只是牢牢地抓住我的行李箱。北上的列车终于出现在我们眼前，崭新、光亮、线条流畅，像是一松闸就会滑进遥不可测的未知。

我和父亲没能达成共识。如果我一意孤行，他将不会承担我上学期间的生活费用。

除非你答应回来。他说。

我的目光穿过他，就像是看见了未来，那是属于我自己的未来。为此，我将成为白色羊群中那一头被永远放逐的黑羊。

爸，多保重。

我迫不及待地拉起行李箱要上车，可父亲并没有松手，行李箱尴尬地在半空中悬停着，终于还是重重地落了地。

我正要发火，父亲"啪"的一声在我面前立正，行了个标准的军礼，然后一言不发地转身走人。他说过，上战场之前不要告别，意头不好，要给彼此留个念想。

我望着他渐渐远去的背影，举起手，回了个软绵绵的礼。

当时的我并没有真正领会这个姿势的意义。

"真没想到我们竟然会折在一个野人手里。"课题组组长，也是我的导师欧阳笑里藏刀，他拍拍我的肩膀。"没事儿啊，再琢磨琢磨，还有时间。"

我太了解欧阳了，他这话的潜台词就是"我们没时间了"。

如果再挖深一层，则是"你的想法，你的项目，那么，能不能按时毕业，你自己看着办"。

我痛苦地挠头，目光落在被关进粉红宠物屋里的巴鳞身上，他目光呆滞地望着地板，似乎还没有从刺激中恢复过来。这颜色搭配很滑稽，可我笑不出来。

如果是老吕会怎么办？这个想法很自然地跳了出来。

一切的源头都来自他当年闲聊扯出的"A 导致 B"的问题。

传统理论认为，运动控制是通过存储好的运动程序完成的，当人要完成某一个运动任务时，运动皮层选取储存的某一个运动程序进行执行，程序就像自动钢琴琴谱一样，告诉皮层和脊髓的运动区该如何激活，皮层和脊髓再控制肌肉的激活，完成任务。

那么问题来了：同一个运动有无数种执行方式，大脑难道需要储存无数种运动程序？

还记得那条运动神经可能性超过了全宇宙原子数量的胳膊吗？

2002 年一位叫作 Emanuel Todorov 的数学家提出一套理论，试图解决这个问题。

他的基本思想是：人的运动控制是大脑求一个最优解的问题。所谓最优是针对某些运动指标，比如精度最大化，能量损耗最小化，控制努力度最小化。

而在这一过程中，大脑会借助于小脑，在运动指令还没有到达肌肉之前，对运动结果进行预测，然后与真实感知系统发回来的反馈相结合，进行评估及调整动作指令。

最简单的例子就是，上下楼梯时我们经常会因为算错台阶数而踩空，如果反馈调整及时，人就不会摔跤。而反馈往往是带有噪声和延时的。

Todorov 的数学模型符合前人在行为学和神经学上的已知证据，可以用来解释各种各样的运动现象，甚至只要提供某一些物理限制条件，便可以预测其运动模式，比如说八条腿的生物在冥王星重力环境下如何跳跃。

好莱坞用他的模型来驱动虚拟形象的运动引擎，便能"自主"产生出许多像人一样流畅自然的动作。

当我进入大学时，Todorov 模型已经成为教科书上的经典，我们通过各种实验不断地验证其正确性。

直到有一天，我和老吕在邮件里谈到了巴鳞。

我自从上大学之后就和老吕开始了电邮来往，他像一个有求必应的人工智能，我总能从他那里得到答案，无论是关乎学业、人际关系还是情感。我们总会长篇累牍地讨论一些在旁人看来不可思议的问题，例如"用技术制造出来的灵魂出窍体验是否侵犯了宗教的属灵性"。

当然，我们都心照不宣地避开关于我父亲的事情。

老吕说巴鳞被卖给了镇上的另一家人，我知道那家是个暴发户，风评不是很好，经常会干出一些炫耀财力却又令人匪夷所思的荒唐事。

我隐约知道父亲的生意做得不好，可没想到差到这个地步。

我刻意转移话题聊到 Todorov 模型，突然一个想法从我脑中蹦出。巴鳞能够进行如此精确的运动模仿，如果让他重复两组完全相同的动作，一组是下意识的模仿，而一组是自主行为，那么这两者是否经历了完全相同的神经控制过程？

从数学上来说，最优解只有一个，可中间求解的过程呢？

老吕足足过了三天才给我回信，一改之前汪洋恣肆的风格，他只写了短短几行字：

我想你提出了一个非常重要的问题，也许连你自己都没意识到有多重要。如果我们无法在神经活动层面上将机械模仿与自主行为区分开，那么这个问题就是：

自由意志真的存在吗？

收到信后，我激动得彻夜难眠。我花了两个星期设计实验原型，又花了更多的时间研究技术上的可行性及收集各方师长意见，再申报课题，等待批复。直到一切就绪时，我才想起，这个探讨"根本性问题"的重要实验，却缺少了一个根本性的组成要素。

我将不得不违背承诺，回到家乡。

只是为了巴鳞。我不断告诉自己。只是为了巴鳞。

就像 A 导致 B。简单如是。

我读过一篇名为《孤儿》的科幻小说，讲的是外星人来到地球，能够从外貌上完全复制某一个地球人的模样，由此渗入人类社会，但是他们无法模仿被复制者身体的动作姿态，特别是一些细微的表情变化。许多暴露身份的外星伪装者遭到地球人的追捕。

为了生存下去，他们不得不学习人类是如何通过身体语言来进行交流的。他们伪装成被遗弃的孤儿，被好心人收养，通过长时间的共同生活来模仿他们养父母们的举止神态。

养父母们惊讶地发现这些孩子长得越来越像自己。

辨别伪装者的难度变得越来越大，但人类最终还是发现了这些外星人与地球人之间最根本的区别。

尽管外星人几乎能够惟妙惟肖地模仿人类的所有举动，但他们并不具备人脑中的镜像神经系统，因此无法感知对方深层的情绪变化，并激发出类似的神经冲动模式，也就是所谓的"同理心"。

人类发明了一套行之有效的辨别方法，看是否能够监测到伪装者脑中的痛苦、恐惧或愤怒。他们称之为"针刺实验"。

老吕知道关于巴鳞的所有事情，他认为狍鸮族是镜像神经系统超常进化的一个样本，并为此深深着迷，只是不赞成我们对待巴鳞的方式。

"但他并没有反抗，也没有逃跑啊！"我总是这样反驳老吕。

"镜像神经元过于发达会导致同理心病态过剩，也许他只是没办法忍受你眼中的失落。"

"有道理。那我一定是镜像神经元先天发育不良的那款。"

"……冷血。"

当老吕带着我找到巴鳞时，我终于知道自己并不是最冷血的那一个。

巴鳞浑身赤裸、伤痕累累，被粗大生锈的锁链环绕着脖颈和四肢，窝在一个小小的的砖土洞里，光线昏暗，排泄物和食物腐烂的气味混杂着，令人作呕。他更瘦了，虻蝇吮吸着他的伤口，骨头的轮廓清晰可见，像一头即将被送往屠宰场的牲畜。

他看见了我，目光中没有丝毫波澜，就像是我十三岁的那个夏夜与他初次相见时的模样。

他们让他模仿……老吕有点说不下去。

一瞬间，所有的往事一下涌上心头。

接下来发生的事情，我一点印象都没有，仿佛是被什么鬼神附了体，所有的举动都并非出自我的本意。

老吕说，我冲进买下巴鳞那暴发户的家里，抓起他家少奶奶心爱的博美，一口就咬在脖子上，如果不放了巴鳞，我就不松口。

我朝地上吐了口唾沫，这听起来还挺像是我干得出来的事儿。

我们把巴鳞送进了医院，刚要离开，老吕一把拉住我，说："你不看看你爸？"

我这才知道父亲也在这所医院里住院。上了大学后，我和他的联系越来越少，他也就慢慢地断了念想。

他看起来足足老了十岁，鼻孔里、手臂上都插着管，头发稀疏，目光涣散。前几年普洱被疯炒时他跟风赌了一把，运气不好，成了接过最后一棒的人，货砸在了手里，钱倒是赔了不少。

他看见我时的表情竟然跟巴鳞有几分相似，像是在说，我早知道会有这么一天。

"我……我是来找巴鳞的……"我竟然有些不知所措。

父亲似乎看穿了我的窘迫，咧开嘴笑了，露出被香烟经年熏烤的一口黄牙。

"那小黑鬼，精得很呢，都以为是我们在操纵他，其实有时候想想，说不定是他在操纵我们哩。"

"……"

"就像你一样，我老以为我是那个说了算的人，可等到你真的走了，我才发现，原来我心上系着的那根线，都在你手里攥着呢，不管你走多远，只要指头动一动，我这里就会一抽一抽地疼……"父亲闭上眼，按住胸口。

我一个字都说不出来，有什么东西堵住了喉咙。

我走到他病床前，想要俯身抱抱他，可身体不听使唤地在中途僵住了，我尴尬地拍拍他的肩膀，起身离开。

"回来就好。"父亲在我背后嘶哑地说，我没有回头。

老吕在门口等着我，我假装挠挠眼睛，掩饰情绪的波动。

"你说巧不巧？"

"什么？"

"你想要逃离你爸铺好的路，却兜兜转转，跟我殊途同归。"

"我有点同意你的看法了。"

"哪一点？"

"没人知道会怎么样。"

我们又失败了。

最初的想法很简单，选择巴鳞，是因为他的超强镜像神经系统让模仿成为一种本能，相对于一般人类来说，这就摒除了运动过程中许多主观意识的噪声干扰。

我们用非侵入式感应电极捕捉巴鳞运动皮层的神经活动，让他模仿一组动作，再通过轨迹追踪，让他自发重复这组动作，直到前后的运动轨迹完全重合，那么从数学上，我们可以认为他做了两组完全一样的动作。

然后再对比两组神经信号是否以相同的次序、强度及传递方式激活了皮层中相同的区域。

如果存在不同，那么被奉为经典的 Todorov 模型或许存在巨大的缺陷。

如果相同，那么问题更严重，或许人类仅仅是在单纯地模仿其他个体的行为，却误以为是出于自由意志。

无论哪一种结果，都将是颠覆性的。

但我们从一开始就失败了。巴鳞拒绝与任何人对视，拒绝模仿任何动作，包括我。

我大概能猜到原因，却不知道该如何解决。我们这群人信誓旦旦要解开人类意识世界的秘密，却连一个原始人的心理创伤都治愈不了。

我想到了虚拟现实，将巴鳞放置在一个抽离于现实的环境中，或许能够帮助他恢复正常的运动。

我们尝试了各种虚拟环境，如海岛冰川、沙漠太空，甚至，还花了大力气构建出狍鸮族的虚拟形象，寄望于那个瘦小丑陋的黑色小人，能够唤醒巴鳞脑中的镜像神经元。

但是，无一例外，全部失败了。

深夜的实验室里，只剩下我和僵尸般呆滞的巴鳞。其他人都走了，我知道他们在想什么，这个实验就是个笑话，而我就是那个讲完笑话自己一脸严肃的人。

巴鳞静静地躲在粉红色泡沫板搭起来的宠物屋里，缩成小小的一团。我想起老吕当年的评价，他说的没错，我一直没把巴鳞当作一个人来看待，即便是现在。

曾经有同行将无线电击器植入大鼠的脑子里，通过对体觉皮层和内侧前脑束的放电刺激，产生欣快或痛感，来控制大鼠的运动路线。

这和我对巴鳞所做的一切没有实质区别。

我就是那个镜像神经元发育不良的混蛋。

我鬼使神差地想起了那个游戏，那个最初让我们见识到巴鳞神奇之处的幼稚游戏。

"捞虾洗衫，玻璃刺脚丫……"

我低低地喊了一句，某种成年后的羞耻感油然而生。我假装成渔夫，从河岸上往河里伸出一条腿，踩一踩只存在于想象中的河水，再收回去。

巴鳞朝我看了过来。

"捞虾洗衫，玻璃刺脚丫。"我喊得更大声了。

巴鳞注视着我蠢笨的动作，缓慢而柔滑地爬出宠物屋，在离我几步之遥的地方停住了。

"捞虾洗衫，玻璃刺脚丫！"我感觉自己像个疯子，疯狂地甩动着大腿，来回踏出慌乱的节奏。

巴鳞突然以难以言喻的速度朝我扑来，那是阿辉的动作。

他记得，他什么都记得。

巴鳞左扑右抱，喉咙里发出婴孩般咯咯的声音，他在笑。这是这么多年来我第一次听见他笑。

所有的动作像是被刻录在他的大脑中，无比生动而精确，以至于我一眼就能认出他模仿的是谁。他变成猫、狗、牛、羊、猪和难以定义的家禽。他变成了喝醉酒的父亲和手舞足蹈的我。

我像是瞬间穿越了几千公里的距离，回到了童年的故里。

毫无预兆地，巴鳞开始一人分饰两角，表演起我和父亲决裂那一天的对手戏。

这种感觉无比古怪。作为一名旁观者，看着自己与父亲的争吵，眼前的动作如此熟悉，而回忆中的情形变得模糊而不真切。当时的我是如此暴躁顽劣，像一匹未经驯化的野马，而父亲的姿态卑微可怜，他一直在退让，一直在忍耐。这与我印象中大不一样。

巴鳞忙碌地变换着角色和姿态，像是技艺高超的默剧演员。

尽管我早已知道接下来会发生什么，但当它发生时我还是没有做好准备。

巴鳞抱住了我，就像当年父亲抱住巴鳞那样，双臂紧紧地包裹着我，头深埋在我的肩窝里。我闻见了那股熟悉的腥味，如同大海，还有温热的液体顺着我的衣领流入脖颈，像一条被日光晒得滚烫的河流。

我呆了片刻，思考该如何反应。

随后，我放弃了思考，任由自己的身体展开，回以热烈拥抱，就像对待一个老朋友，就像对待父亲。

我知道，这个拥抱我欠了太久。无论是对谁。

我猜我找到了解决问题的正确方法。

在《孤儿》的结尾，执行"针刺实验"的组织领导人悲哀地发现，假使他们伤害的是外星伪装者，那么他们的至亲，也就是真正的人类，其镜像神经系统也无法被正常激活。

因为人类从开始就被设计成一个无法对异族产生同理心的物种。

就像那些伪装者。

幸好，这只是一篇二流科幻小说。

"我们应该试着替他着想。"我对欧阳说。

"他？"我的导师反应了三秒钟，突然回过神来，"谁？那个野人？"

"他的名字叫巴鳞。我们应该以他为中心，创造他觉得舒服的环境，而不是我们自以为他喜欢的廉价景区。"

"别可笑了吧！现在你要担心的是你的毕业设计怎么完成，而不是去关心一个原始人的尊严，你可别拖我后腿啊。"

老吕说过，衡量文明进步与否的标准应该是同理心，是能否站在他人的立场去思考问题，而不是以其他被物化的尺度。

我默默地看着欧阳的脸，试图从中寻找一丝文明的痕迹。

这张精心呵护的老脸上一片荒芜。

我决定自己动手，有几个学弟学妹也加入了。这让我找回对人类的一丝信念。当然，他们多半是出于对欧阳的痛恨以及顺手混几个学分。

有一款名为"iDealism"的虚拟现实程序，号称能够根据脑波信号来实时生成环境，但实际上只是针对数据库中比对好的波形调用模型，最多就只是增加了高帧率的渐变效果。我们破解了它，毕竟实验室用的感应电极比消费者级别的精度要高出几个数量级。我们增加了不少特征维度，又连接到教育网内最大的开源数据库，那里存放着世界各地虚拟认知实验室的 Demo 版本。

巴鳞将成为这个世界的第一推动力。

他将有充分的时间，去探索这个世界与他心中每一个念想之间的关系。我将记录下巴鳞在这个世界中的一举一动，待他回到现世，我再与他连接，那时，我将尽力模仿他的每一个动作，我俩就像平行对立的两面镜子，照出无穷无尽的彼此。

我为巴鳞戴上头盔，他目光平静，温柔如水。

红灯闪烁，加速，变绿。

我进入 Ghost 模式，同时在右上角开启第三人称窗口，这样可以看到一个小小的巴鳞虚拟形象在轻轻摇摆。

巴鳞的世界一片混沌，无有天地，也不分四面八方。我努力克制晕眩。

他终于停止了摇摆。一道闪电缓慢劈开混沌，确定了天空的方向。

闪电蔓延着，在云层中勾勒出一只巨大的眼，向四方绽放着分形般细密的发光触须。

光暗下来，巴鳞抬起头，举起双手，雨水落下。

他开始舞蹈。

每一颗雨滴带着笑意坠落，填满风的轮廓，风扶起巴鳞，他四足离地，开始盘旋。

无法用语言来描绘他的舞姿，仿佛他成为万物的一部分，天地随着他的姿态而变幻色彩。

我的心跳加速，喉咙干涩，手脚冰凉，像是见证一场不期而遇的神迹。

他举手，花儿便盛开，他抬足，鸟儿便翩然而来。

巴鳞穿行于不知名的峰峦湖泊之间，所到之处，荡漾开欢喜的曼陀罗，他便向着那旋转的纹样中坠去。

他时而变得极大，时而变得极小，所有的尺度在他面前失去了意义。

每一个不知名的生灵都在向他放声歌唱，他张了张嘴巴，所有狍鸮族的神灵都被吐了出来。

神灵列队融入他黑色的皮肤，像是一层层黑色的波浪，喷涌着，席卷着。他向上飞升，飞升，在身后拉出一张漫无边际的黑色大网，世间万物悉数凝固其上，弹奏着各自的频率，那是亿亿万种情感在寻找一个共有的原点。

我突然领悟了眼前的一切。在巴鳞的眼中，万物有灵，并不存在差别，但神经层面的特殊构造使得他能够与万物共情。难以想象，他需要付出多大的努力才能够平复心中无时无刻不在翻涌的波澜。

即便愚钝如我，在这一幕天地万物的大戏面前，也无法不动容。事实上，我已热泪盈眶，内心的狂喜与强烈的眩晕相互交织，这是一种难以言表却又近乎神启的巅峰体验。

至于我希望得到的答案，我想，已经没那么重要了。

巴鳞将所有这一切全吸入体内，他的身形迅速膨胀，又瘪了下去。

然后开始往下坠落。

世界黯淡、虚无，生机不再。

巴鳞像是一层薄薄的贴图，平平地贴在高速旋转的时空中，物理引擎用算法在他的身体边缘掀起风动效果，细小的碎片如鸟群飞起。

他的形象开始分崩离析。

我切断了巴鳞与系统的连接，摘下他的头盔。

他趴在深灰色柔性地板上，四肢展开，一动不动。

"巴鳞？"我不敢轻易挪动他。

"巴鳞？"周围的人都等着，看一个笑话会否变成一场悲剧。

他缓慢地挪动了下身子，像条泥鳅般打了个滚，又趴着不动了，像壁虎一样紧贴在地板上。

我笑了。像当年的父亲那样，我拍了两下手掌。

巴鳞翻过身，坐起来，看着我。

正如那个湿热黏稠的夏夜里，十三岁的我第一次见到他时的姿态。

◆ 第二届银河奖三等奖获奖作品

心歌魅影

王 麟

"你已被移植了……"余明博士笑着对我说。

"移植了什么？"我睁大了眼睛，好像刚从昏睡中醒来，不安地问道。

"哈哈——"余明博士宽容地笑着，"看来我的手术基本取得了成功。你已被移植了前歌星'万人迷'的部分记忆。你难道忘了，这是我们共同努力、相互配合的结果，当然还有你超人的勇气与狂热。"

余明博士用他那铿锵有力的语调对我说："你已经沉睡了一周，啊，伟大的一周，可以载入人类史册的一周！应该祝贺你，一颗耀眼的星星将要冉冉升起，当然也应该祝贺我，美国《自然》杂志将在头版头条全文刊登我的论文。"

慢慢地，记忆的零星片段映入我的脑海，那是我自己原来记忆片段的复苏。我这才想起，大约在数周之前，红遍全亚洲的歌星"万人迷"遇车祸而死的事。

名人摆脱不了记者的纠缠，更何况是超级名人。没想到上个世纪"英格兰玫瑰"凋谢的厄运也会发生在"万人迷"身上，虽然，"万人迷"是一个英俊的男子。

只是为了摆脱摄影记者无休止的纠缠，"万人迷"和保镖驾车逃避，结果在高速公路上与一辆同样高速驾驶的汽车相撞。"万人迷"的汽车经过特殊处理，据说保险系数可以达到百分之九十八以上，但高保险系数的轿车也未能摆脱四分五裂的结局。司机和保镖当场丧命，而"万人迷"在医院里苦挨了三天后，也最终撒手西去。

无数的歌迷涌到医院门口，定要目睹"万人迷"的遗容才肯罢休。拥挤的人群中，多数是十七八岁的少男少女，他们已经快要被悲痛击垮了。长长的条幅在半空摇摆，上面是用花花绿绿的"万人迷"的照片拼成的几个大字："所有的人都是我的亲兄弟。"这是"万人迷"流传最广、曾经感动过无数人的名言。

　　当年，他在万人演唱会上引吭高歌后，便用充满感情的语调说了这句话。全场都沸腾了，许多人（大多数是少女）都激动得当场晕了过去。那种场面，除了几十年前红极全美的摇滚歌王迈克尔·杰克逊外，无人能与他媲美。我当时是悲痛的人群中最悲痛的一个。

　　原因只有一个，我是"万人迷"的铁杆歌迷，铁杆中的铁杆！人都是有理想和需求的，当理想还在遥远的地方漫步时，需求会主宰一个人。物质的需求给你温暖，精神的需求使你快慰。当一个人在物质的海洋中沉溺太久时，他会浮出海面，呼吸一口新鲜空气，这便是精神补偿。

　　做歌迷是我的精神补偿，做歌星才是我的梦想。

　　我是一个铁杆歌迷，但我也有一个其他歌迷没有的条件——为"万人迷"做手术的主刀医师是我的忘年交——余明博士。

　　余明博士是我在"风入松"科技沙龙上认识的。他四十多岁，头发梳理得一丝不苟，一身笔挺的西装。虽然已是享誉中外的科学家，但他平易近人，喜欢结识年轻的朋友，喜欢接受新的观点，举止文雅，风度翩翩，使人绝无可能将他和"医学界的爱因斯坦"联系在一起。

　　之所以是我成为他的忘年交而不是别人，我自然有不同于别人的优点，那便是平视权威、思想活跃、标新立异！虽然，那时我刚满二十岁。

　　二十岁时的标新立异，便预示着四十岁的硕果累累。

　　余明博士第一次见面便喜欢上了我，这种缘分连我也甚感惊诧。于是，我以前所未有的幸运，轻松而自由地了解了他在自己的领域里做出的惊人成就。

余明博士在他的权威领域里做出的贡献，便是对"记忆转移"课题的研究。那段时间，在他的实验室里，我参观了博士先进的实验设备，感悟了超前的实验精神并浏览了出色的实验成果。

余明博士一边让我浏览他的实验成果，一边为我详加解说。他娓娓道来："关于'记忆转移'课题的研究，最早开始于国外。记忆是什么呢？通俗点说，便是脑中贮存的密码，这密码的载体是一种化学物质，我们称之为'记忆肽'。而我们学习的过程，便是用大脑中的记忆肽进行编码，由神经系统进行复制贮存的过程。对于记忆肽，你知道最重要的一点是什么吗？"余明博士截断话头，注视着我。

"化学物质既然能被复制贮存，那岂不是也能转移？"我思考了一下，用试探的语气问道。

余明博士脸上露出了赞许的笑容："了不起，不愧是我的忘年交。不错，记忆肽可随脑组织的转移而转移，这就是'记忆转移'的理论基础。当然，要付诸实施，是一个很复杂的过程。二十世纪，美国的安卡博士曾对此做了大量的研究，也取得了一定的突破。但近百年来，此项研究并未获得进展，主要原因是'记忆肽'这种物质很难被提取。不过……"

余明博士换上高亢的语调继续说："不过，历史最终将这顶桂冠戴在了我的头上，因为，我已比较熟练地掌握了这种提取技术！想想吧，'记忆转移'是一个具有划时代意义的伟大发现，到那时，科学界不会再因为一个科技泰斗的陨落而遭受损失。用'记忆转移'便可将一切都解决。天才的记忆代代相传，永无休止。那样科技将以成百倍的速度增长。想想吧，想想吧，那是多么辉煌的前景！"

"博士，除了科技领域外，这种技术在其他领域也一定会应用自如吧？"我不失时机地恭维了一句。

"当然。我还有最后一步，也是最关键的一步，如果走完，我的研究将会创造巨大的经济效益、科技效益和社会效益。对于我，这最后的一步只是一小步；对于人类，这是一大步呀！"

余明博士最后用登月英雄阿姆斯特朗的一句名言结束了他的讲述。

"博士，如果有一天我自愿当您的实验对象，您愿意接纳我吗？"

"啊，做我的实验对象，求之不得，求之不得呀！我的实验对象目前仅限于人类的远祖猿猴，欢迎你随时与我合作，不过，我还有许多准备工作要做，这将需要不短的时间，你得等待……"

"万人迷"死了，二十岁的我心中最崇拜的偶像已经离我而去。二十世纪五六十年代，青少年崇拜的是英雄；二十世纪七八十年代，青少年崇拜的是科学家；二十世纪九十年代，青少年崇拜的是企业家。五十年过去了，现在青少年心目中崇拜的偶像是谁呢？

而我最崇拜的竟然是一位红得发紫的歌星。

这是社会的倒退，还是人性的进步？

我现在被一种狂热的想法所折磨、所驱使，我感到脑海的每一条沟回都填满了三个字：万人迷。

我是多么希望他重新出现在舞台上呀！

他是一位成功者，他是一个从穷苦的乡下孩子奋斗成为一名世界级歌星的。哦，有多少同样生动的例子呀：二十世纪五十年代，有擦鞋匠出身后来成为乡村歌王的汉克·威廉姆斯；二十世纪六十年代有"猫王"普雷斯利；二十世纪九十年代有"黑牡丹"惠特尼·休斯顿。半个世纪过去了，世界上又出现了许多歌星，可有哪一位歌星能替代得了"万人迷"呢？因为他是中国人，是中国西部山区穷乡僻壤里走出来的乡下少年。

我找到了余明博士……

第一次公开演出，我便获得了巨大成功。望着头上翻滚的七彩水晶灯球，耳膜被观众狂热的呼喊震得欲碎，成堆的鲜花飞向舞台，我几乎成了夜空中闪亮的星辰。这是我多么熟悉的场景，这种场景我记忆中经历了无数次。记忆复苏了，连同我无与伦比的歌喉！而这一切都属于"万人迷"。我惊诧，记忆移植也会将我的破锣嗓子变成醉人的夜莺的歌喉？

我是"万人迷"吗？是那个令我神魂颠倒的偶像吗？在我记忆的深处，还有我自己的影子，那是一个只有二十岁的年轻人。

无数报纸杂志为我捧场，无数唱片公司想和我签约。最终，我还是选择了"中国风"唱片公司，因为，是这个公司将"万人迷"包装推出直至走红的。对这家公司，我很熟悉，熟悉得就像自己的家。

我的经纪人、管家以及私人保镖都原封不动采用"万人迷"的原班人马。

我已经感觉到"万人迷"在不远处对我微笑。

此刻，我在这所豪华寓所里翻来覆去，难以入眠。

我的记忆中又出现了一位老人的身影，她是那样的苍老而悲苦。脸上是纵横遍布的河床，河床里有水缓缓流过，那河床是皱纹，河水是眼泪。那是一位哭泣的老妇人！

这是我所熟悉的群山，莽莽苍苍直插云霄，逶迤绵延隐入天际，有小鸟嘹亮的歌声，有清冽沁人的甘泉，弯弯曲曲的山路尽头，是几间破败的茅屋。

我从未到过这里，可又为什么如此熟悉？熟悉得就像我的手指，我的眼睛。还有那位母亲，见到她，我从内心里感到一种真实的亲切。

"宏儿，宏儿，回来吧，娘快想死你了。"老人哭泣着喃喃自语。

我有一种想哭的冲动，这是自己实实在在的感情。因为，在儿时，当我贪玩归家很晚时，妈妈总会心急火燎地寻遍城市的大街小巷。妈妈怕我出意外呀！怕我被车撞，被水淹，被坏人拐卖……

而这位老人是谁呢？

蓦地，又一种真实的感觉压住了我内心升起的亲情，那样熟悉而又如此陌生，我的身体不禁剧烈颤抖起来。

"你怎么还活着，怎么没让石头把你压死！"一个恶毒而无情的声音在我耳边回响。我感到震惊，更令我震惊的是，说这话的不是别人而是我自己！

天哪！我怎么会说出如此恶毒的语言！

不，不！这不是我说的，不是！

我明白了，这位老人是"万人迷"的母亲。

"宏儿"是他的小名。

整个晚上，高级的意大利真皮席梦思床仿佛变成了一位辗转呻吟的垂垂老者。

早上起床后，映入我眼帘的是暖暖的阳光。

我很自然地端起床头已泡好的咖啡一饮而尽，不用说，这是勤劳善良的管家早已为我准备好的。她曾经照顾过"万人迷"，对她来说，我虽然有一张更年轻的面孔，但在其他方面，显然是活脱脱的"万人迷"再现。

一大堆信件和鲜花堆满了办公桌。

我厌烦地扫了一眼，对管家吼道："将这堆垃圾都给我清走！以后不准在我办公桌上放这些乱七八糟的东西！"

管家手忙脚乱地将桌子收拾干净，喃喃地说："先生，不是您先告诉我，无论什么信件都要一件不落地交给您吗？"

我发热的脑袋倏地冷了下来，另一个我又占据了主要位置。

我拦住管家，抱歉地说："李妈，是我不对。把它们交给我吧！"

我看见管家又一次睁大了惊诧的双眼。

这时，微波显像电话响了起来，我拿起话筒，画面上显出了一位陌生女人冷冷的面容。

"阿宏！你忘记我了吗？我知道是你！虽然你的面孔变了，但你的歌声，甚至一举一动我都清楚，你不会是别人，别以为借助现代医学技术改头换面便会万事大吉。哈哈，你还导演了一出逼真的假死闹剧！"

另一段记忆又映入脑海，这是不堪回首的记忆，是黑暗的、罪恶的。这是我认识的一个女人，岂止认识，我们曾经共同生活过好几年。是她，她是阿闵！

是她不顾家庭的反对，在我落魄时，毅然伸出援助之手。当时，我在娱乐界一文不名，整天为生计奔波。虽然我穷困潦倒，衣衫褴褛，但我金子般的嗓音和难以掩盖的才华终究赢得了她的芳心。

而她的父母——一对心高气傲的教授，差点气死，并且几乎和她断绝了关系。

不错，她是我难得的人生伴侣和事业支柱！

"阿宏！你所做的一切我都清楚。你这畜生，用卑鄙的手段来折磨我、抛弃我，我都记得。是的，你从一个乡下穷小子变成了世界巨星，而我在你眼里不过是一文不值的丑丫头！但你不应该这样对我，不能……"

记忆潮水般涌来，带着"咝咝"的尖叫声，如群蛇乱舞，我痛苦地抱紧了脑袋——

同她相识，同她恋爱，同她结婚，我的事业蒸蒸日上，金钱滚滚而来，然后将她折磨，将她抛弃，她却一直深爱着我！最后，在上演了一场家庭战争后，我将她关入疯人院。

潜藏于心底的记忆如电影般一幕幕闪过。那个卑鄙丑恶到极点的人难道是我吗？是高唱"所有人都是我的亲兄弟"的"万人迷"吗？

我的冷汗簌簌而下，记忆的闸门戛然而止。

"阿闵，你在哪里？"我失声喊道。

"你最清楚！"画面上的女人神经质地冷笑一声，随即，杂乱的光点便溢满了屏幕。

"万里手牵手"义演活动，对我而言无疑是一次心灵的洗礼。

对于义演，如今七十几岁的人定会记忆犹新。在他们年轻时，各种义演活动层出不穷，有国家级的，也有民间的。义演自有它独特的魅力，一方面，这活动为贫困的乡村带去了欢笑和歌声；另一方面，对于参与者也是一次艺术的陶冶、人性的升华。

人们都是喜欢怀旧的。

旧的东西改头换面后，会引起巨大的轰动效应，义演活动便是鲜明的例子。

最先提出这个建议的便是已红遍亚洲的超级歌王——我！

当我以极其清晰的表述将这个建议提交给经纪人时，他的表情犹如见到外星人。

"先生，您是不是疯了？到穷困的乡下演出，您能得到什么？"

"我什么也不要！"

"真的？您难道真的什么都不要吗？"

经纪人以怪异的目光盯着我，好像他刚听到的不是人言而是兽语。

千里迢迢，我们朝西部山区进发，这是内心一种召唤的驱使，那是老母亲的哭声与眼泪的驱使！我抑制不住强烈的冲动，我知道，亲情是不可泯灭的，我要用歌声带给她安慰，带给她绿叶与阳光。

但越接近那里，我的心情变得越来越烦躁不安，我的头不时作痛，像有只老鼠在大脑里啮噬。那是"万人迷"的记忆，他在怒骂，他在躲避，他在拒绝，穷困潦倒已是他挥之不去的梦魇。那个真实的我，挣扎着与其抗争，这头迷惑人的恶兽！我隐隐感到，我同"他"已抗争不了多久了，邪恶有时是很强大的。

终于到了那里，但我几乎已经不能用我的意志去抵抗"万人迷"的记忆。它如一颗乱窜的火星，想要点燃整座油库。

啊，"万人迷"本来便是一个贪婪、虚伪、冷酷的小人！他想报复一切，包括他的家乡和父母！

演出之前，当地的负责人找到我，以商量的口吻说："你们千里迢迢来到这里，我们非常感激，当地百姓也是翘首以待。原先听说，你们来此是义演，不要演出费。但昨天您的经纪人告诉我，说演出费一分也不能少，不知是不是实情？"

我毫不迟疑，冷冷地回答道："不错！二十万元，一分也不能少！"

当我看到负责人以鄙夷的目光扫了我一眼，快步走向门口时，另一个真实的我立刻冲出来狠狠骂了自己一句："你是个十足的大混蛋！"

"您等等，请您等等，我……我还有话说……"我可怜兮兮而又狼狈不堪地追了出去。

这是一场我毕生难忘的演出。

爱心暂时击退了邪恶，光明驱散了阴霾。

啊，我可亲可敬的乡亲们！我不认识他们，但他们的脸、他们的头发、他们发自肺腑的笑声、他们动听的方言土语、他们热烈而毫不做作的掌声……使我感到作为一名歌星的价值！

我从未像今天这样快乐，扬起的尘土像是眉飞色舞的精灵，飞翔的鸟儿像是爱心的使者！这是一种发自内心的巨大欢愉！

在黑压压的人群中，我看到一位老人坐在前排，她的头发已被零星的雨水打湿，脸上沟壑纵横。是她，是她！是我记忆中的老母亲！

我走下舞台，紧紧地拥住她，泪流满面。

"娘！"我颤声喊道。

老人抬头，用慈祥的目光注视着我："你是宏儿吗？不，不是，你太年轻了，我的宏儿已经有十年没来看我了，他怕我给他丢脸呀！"

"哗哗哗……"铺天盖地的暴风雨瞬间席卷了整个演出场地……

我拨通了余明博士的电话，微波显像电话里，博士睿智的笑容显现于屏幕上，我听到了他那富有磁性的声音。

"啊，是你吗？小伙子，走红全亚洲的歌星，你快要把我这个忘年交忘了吧？怎么，今天有空了吗？"

"博士，首先祝贺您取得的巨大成就，作为您的实验者，我用行动证明了您的理论与实验结果的正确，您的'记忆转移'手术是非常成功的，但……"我停顿一下，接着说，"一个人拥有两个人的记忆并非一件轻松的事，我请求您给我做记忆消除手术，我不能长期背负另一个人的罪恶，我快要崩溃了。"

看到余明博士犹豫的神情，我马上补充道："我可以为您提供经费来支持您的研究，如果您欢迎我，我愿加入您的行列。对于一个有着无穷创造力的年轻人，二十几岁不算太晚吧？我再也不当什么歌星了！第一笔资金马上到位，五百万元，怎么样？"

余明博士缓缓地点了点头，笑着说："欢迎你。"

本市警局。

局长刚刚从一件非常棘手的案件中摆脱出来，正打着长长的哈欠时，电话响了。

"您好，局长，我是'万人迷'的私人秘书，我有许多关于他的犯罪记录，您感兴趣吗？"

余明博士成功地为我做了记忆消除手术，"万人迷"罪恶的记忆已从我的脑海里像垃圾一样被清除了，我感到从未有过的轻松。但我的歌喉未变，也许，这是我自己潜在的音乐天赋吧！啊，这个高喊"所有人都是我的亲兄弟"的伪君子，想一想都会令我感到恶心，呸！

一笔几十万元的汇款寄往了西部贫困山区。

我要做的另一件事便是接来那位不是我亲生母亲的老人，我要拥抱她，对她说："妈妈，在这世上，我最爱您……"

然后——

我悄悄地化了装，以平民的身份独自走向街头，随手拦了辆出租车。

司机从车窗里探出头来，彬彬有礼地问道："先生，请问去哪里？"

"疯人院。"

窗外

吴岩

上

叫喊声把欧静静吵醒了。紧接着传来了玻璃的粉碎声。她一骨碌翻身下床，拔腿就往门外跑。但是，黑暗里，妈妈比她起得还快，一把抱住了她。

"噢，妈妈！"她噘起嘴，无可奈何地回到床边。台灯亮了，光线那么刺眼。

"又是哪个傻小子想破窗而出，你别学他们的样。"妈妈挨着静静坐下来。

静静摇了摇头。是啊，她何尝没有这样想过？自己已经十二岁了，可是一次也没有离开过这幢大楼。想游泳去七十三层，上学去六十五层，电影院和剧场在九十九层……她简直不知道这迷宫般的大楼到底有多少层。反正她从来没有到外面去过。可是她多想出去看看啊！

静静每次听到门外传来吵吵嚷嚷声，就知道准是哪个胆大包天的小伙子想破窗而出。可不，总是待在这封闭式的大楼里，憋得人都快疯了。有时候静静真想跟着他们一起冲出这笼子一样的大楼，回归大自然，哪怕只是短暂的一瞬间。

静静眼前的世界都是假的，人造的山，人造的河，就是那个称为"度假村"的疗养地，也不过是在一整层楼种满了花草树木，又灌上了一池清水。她记得在地理课上，她看过描述大自然风光的录像片：那一望无际的湛蓝色的大海，那被烈日晒热了的金黄色的沙滩，那葱翠的森林，那巍峨的群山……

"妈妈，咱们真该好好谈一谈。"静静一本正经地说，"你说过，你小时候就常和姥姥谈天的。"

"当然。我们谈天空，谈大地，可从来也不谈破窗而出这种事。"

"好吧，妈妈，咱们就谈天说地。请你告诉我，你为什么不让我出去。为什么不让我去看看蓝天，去踩踩大地。你说我有皮肤过敏，有花粉热，有贫血病，不能吹风，不能晒太阳。可是我偷看过学校保健科的病历，我是个健康的人。"

"怎么？你偷看了病历……"妈妈吃惊地叫了起来，"我要给校长打电话，他们怎么能够这样粗心大意。"

"妈妈，用不着再骗我了，我都十二岁了，不是小孩子。我想，我该知道更多的事情。有几次，我站在假山的小山峰顶上，从玻璃窗向外眺望，我甚至看到了真的高山。妈妈，那山真美，我多想站到那个山顶上去啊！"

"静静，总有一天你会站在真的高山上的。"

静静摇了摇头："不，我知道咱们这儿三十岁以下的人，都没有离开过这座大楼。高叔叔、林阿姨、金宝哥哥，还有尚旭哥哥，他们比我大多了，也都没有离开过这儿。妈妈，这是为什么呢？"

门外响起了电钻的啸叫声。她们俩沉默着等这刺耳的声音过去。静静知道刚才破碎的玻璃，已经由一块全新的玻璃代替了。然后，人们会渐渐散去，黑夜会重新沉寂下来。只有士兵在巨大的玻璃窗前踱来踱去，不许任何人靠近。

"还有妈妈，"静静接着说，"为什么一到夜晚，就不许人们靠近玻璃了？难道星空不是最神秘的地方？你不是讲过哥白尼、伽利略和张衡吗？我们为什么就不能去观察星星……我知道，那些想破窗的人，其实根本没有精神病，他们只是像我一样，憋得难受，想去仰望星空，才凭着勇气偷偷穿过士兵的封锁，接近了巨大的玻璃窗，这些事我也干得出来。而你们——你和爸爸，还有老师、叔叔、阿姨，你们都在说谎，都在欺骗我们。可，可这到底是为了什么呢？"

妈妈睁大眼睛，她好像才认识自己的女儿。她想了好一会儿才说："好吧，孩子，也许你真的长大了，也许真的到了该向你说清这些事的时候了。可是我不敢保证，你是不是能承受得了。咱们这儿有个不成文的规定，凡是大人们都默默地遵守着，那就是只有在孩子长到二十五岁时，才能告诉他事情的真相，怕的是这严酷的事实会给孩子的心灵造成恐怖和不安。谁不希望自己的孩子能有一个快乐的、无忧无虑的童年呢？"

"怪不得那些想走出这座大楼的，都是些十几岁到二十几岁的青少年！"静静恍然大悟。

"静静，你说对了，可是我不愿意我的女儿走他们的路。"说到这儿妈妈停了片刻，"不过，孩子，我仍在犹豫，如果你知道了这一切，就意味着你将像成年人一样地看待这个世界，担负起成年人对这个世界应该担负的责任，可你毕竟还是个孩子。"

"说吧，妈妈，我一定能受得住。"静静恳求说。

下

妈妈没有马上对欧静静说出大楼的秘密，却带着静静上了电梯。电梯一直在往下降，静静紧张地裹紧了自己的衣服。

"妈妈，你是带我到外面去吗？可是电梯好像已经过了底层了。"

妈妈摇了摇头，"不，静静，我要你看的东西不在外面。"

终于，电梯在地下负十五层停住了。妈妈叮嘱静静说："拿好你的身份证和健康证明，跟着我。"

　　电梯的门打开了。静静吓了一跳。在一条狭长的通道中，亮着一盏盏黄色的灯，持枪的士兵拦住了她们的去路。

　　"女士们，请出示证件。"

　　她们的证件被塞入一个机器中，然后每人伸出一只手指，按在机器右下方的毛玻璃上。这样，她们的指纹就可以和证件上的印迹相对照了。很快，证件又从机器中跳了出来。

　　"好了，女士们。你们可以走了。"尽管那士兵用极不信任的眼光盯着静静，可他还是把她们放了过去。

　　大约经过五道同样的警戒线，静静跟着妈妈来到一个钢制的舷梯旁边。在这里的士兵，发给她们每人一个塑料小袋，里面是两粒粉红色的胶囊。

　　"如果感到头晕，就请服用一粒。记住，请不要在下面待得太久，最多不要超过十分钟。"

　　母女俩开始沿着很狭窄的舷梯向下走去，这旋转着的梯子通向更下一层。

　　"噢，天哪！"静静禁不住叫出声来了。在她们脚下的地板被一块巨大而透明的玻璃取代了，透过玻璃，她看到一片火的海洋。

　　"妈妈。"静静抓紧了母亲的胳膊，不敢再向下面看。不过她发现，这火海离她们还很遥远，就好像她们正坐在宇宙飞船上，遥望远方的陆地。一阵眩晕中，她几乎摔倒。母亲一把抱住了静静，把一粒胶囊送进了她的口中。

　　隔了一会儿，静静清醒过来："妈妈，我们这是在哪儿？难道，难道不是在地球上？"

　　"你说对了，孩子。"妈妈镇静地说，"我们生活在一艘飘浮在太空中的宇宙飞船上。"

原来，一百多年前，是地球人制造了这艘飞船。人们想用它到太阳系最边缘的冥王星进行探险。很不幸的是，飞船在中途遇到了意外。在快接近木星轨道的时候，他们遇到了一个光球。当时人们并不了解这种被叫作UFO的究竟是什么东西，以为真是外星人的飞船。但事实上它们是宇宙中一些神秘通道的入口，它在天空中游移不定，飘来飘去。只要什么物体靠近它，立刻就会被它那强大的吸引力吸到宇宙深处的另一个地方。

"这事来得太突然了，孩子，在你的爷爷他们还没弄清是怎么回事的时候，大光球已经把飞船吞噬了，只是眨眼的工夫，就来到了宇宙中的这块地方。"

静静听呆了，她无法相信，这只有在书中才能看到的科幻故事，竟然就发生在自己身边。

妈妈还告诉静静，这巨大的飞船差一点儿就落在了那颗火一样的星球上。飞船上的人想尽了办法总算稳住了飞船，使它成为一颗行星。后来，人们终于在茫茫宇宙中找到了地球的位置，可是他们发现，要想摆脱那光球的吸引，回到自己的家园，飞船上的技术还远远不够，还要发展一两百年。正是为了这个目标，整个飞船上的成年人都在努力工作。同时也正是为了让他们的后代，在这段漫长的时间里不忘掉他们的家园，他们又在飞船的玻璃里夹入可以变幻的立体图像：白天是山水云雨，夜晚是月亮星星……为了减少那些好奇的青年人带来的麻烦，飞船上设立了军队，他们日夜守卫着要害之地……

尽管妈妈把这一切都告诉了静静，可她仍旧担心静静是否能接受得了，特别是在很长的一段时间里，他们都无法回到自己的家园这一事实。

"孩子，你看，不光是你，连我也没有离开过这幢大楼，你的爷爷就已经在这飞船中生活了许多年了。我怎么会不理解你的心情，我也是从你这么大过来的呀！不过，我相信，通过大伙儿的努力，总有一天我们还会回到自己的地球。将来，你大学毕业了，也会加入我们当中，像你爷爷、爸爸、叔叔阿姨们一样，去面对那些技术难题。说真的，只有从小就渴望着回到家乡的人，才能胜任这种工作。而你，静静，你已经在渴望了，对吗？"

静静一直没有讲话，她只是茫然地点了点头。今晚她知道的已经太多太多了。她必须用好几天的时间去思考这些问题。妈妈望着女儿，心里想：她能顶得住，她从小就有一种坚强的意志。记得三岁那年，她接受心理测验，从一根又黑又长的管子中爬过去，很多小孩爬到一半就大哭大叫，不肯前进，而静静硬是爬了出来。妈妈知道，这一次，静静也会从每一个受到震惊的人都会产生的灰色情绪中爬出来。她还会以极大的热情投入攻克技术难题的工作中去，也许正是他们这一代，将实现我们返回家园的美梦。

无论如何，从今晚起，欧静静将不再是孩子了。

我们的科幻世界

宝 树

1

今年是《科幻世界》杂志创刊四十周年，编辑部约我写一篇纪念文章。应承之后，我才感到为难，不知道写些什么好。我是一个资深科幻迷，但出道当作者却很晚，2010 年之后，我才开始科幻写作，入行八九年，发表了若干毁誉参半的小说，出过几本销量平平的书，蒙读者和编辑不弃得过两次银河奖，创作之路走得普普通通，写出来想必读者也没什么兴趣看。

而且说句老实话，我近几年的创作也陷入瓶颈，有时候一年发表不了一篇作品，发表了也没有什么反响。总之，是一个还没有红过就即将过气的三流作者。我自己都觉得没什么写作激情了，不过拿点稿费混口饭吃，这些当然更不足为人道。所以我告诉约稿的姚海军主编，说自己想不出有什么好写的，要不就写几句祝福的话算了。他却说："宝树啊，你是1999 年参加高考的，那一年作文题不是关于记忆移植的吗？我记得你因为看了《科幻世界》，当时作文写得很好，考上了理想的大学，就写这个嘛！"

我不禁苦笑，不提这事还好，说起来真是"一时不谨慎，一生两行泪"。这件事倒是科幻迷耳熟能详的典故：1999 年高考作文题是"假如记忆可以移植"，凑巧当年《科幻世界》第七期就围绕"记忆移植"做了个专题，里面有好几篇小说以及科普文章。杂志恰好在高考前几天上市，读过的应届生高考如有神助，而没看过的考生碰到这样思维发散的作文题，根本丈二和尚摸不着头脑。一上一下就是几十分的差距，不知改变了多少人的命运。这件事以后，《科幻世界》押中高考题的新闻不胫而走，许多家长都开始给孩子订阅，第二年杂志的征订数就大幅增加，形成了二十世纪初的一波科幻热潮。

前几年，我的小说《人人都爱查尔斯》荣获银河奖。在颁奖现场，漂亮的女主持人问我是不是 1999 年参加高考的，我说是。她问我写了什么作文，我告诉她写了篇讲记忆移植的微科幻小说，她夸张地惊叹："哇，好棒哦！所以这篇作文让你考上燕京大学了吧？"我犹豫了一下，点头称是，下面响起稀稀拉拉的掌声。过了几天，报纸上登出来一篇关于银河奖的报道，其中提到一句"银河奖得主宝树深情回忆，正是《科幻世界》帮他高考夺魁，圆梦燕大"。

其实压根儿不是这回事。

那年高考，我考砸了。

事实是这样的：我读中学时的确一直有看《科幻世界》的习惯，高考前也读到了讲记忆移植的那期。所以考试中我一时兴起写了一篇小说，说的是一个二十二世纪的记忆移植者因为记忆紊乱而产生人格分裂的故事，还有意采用了意识流的写法。当时笔走龙蛇，写得痛快，即便今天，我也觉得以高中生的标准来看很不错，这篇小小说够资格上《科幻世界》的"校园之星"。但这个世界根本没道理可讲——我觉得写得好，阅卷者可不这么认为。相反，他们看到这种既没有中心思想，起承转合也不合作文规范的瞎编乱造，大概火冒三丈，直接扣了我一大半的分，让我语文这科彻底考砸了。

可笑我当时自我感觉良好，估分也估得很高，志愿便填报了燕大。结果分数一出来，语文这科马失前蹄就比预估分数低了二三十，离燕大最低提档线还差了老远，燕大当然没可能要我。加上第二、三志愿也没填好，最后没有考上一本，惨遭落榜。后来招生办给我调剂到了名不见经传的中关村文理学院。我平时成绩是不错的，高中班主任沙老师非常惋惜。据学弟学妹讲，他现在还经常提起我，给他们上课时老说："高考作文千万不要写小说，你们有个学兄谢宝舒，本来成绩很好，就是这样毁了……"

不过风水轮流转，大四那年，中关村文理学院居然并入了燕京大学（据说是燕大需要我们学院的地皮），所以我的毕业证书是燕大发的。但是实际的区别很多人都知道，正经燕大学生从来不承认我们是校友，燕大出来的像科幻作家陈秋帆、夏茄他们，问起我的年级系别，我一说是原中关村文理的，人家就笑笑不说话了。

这些弯弯绕绕本来说不清楚，所以访谈提到这事我只能含糊带过，难道那种场合要说看科幻小说让我高考砸锅了吗？谁知道这么一来偏偏就出了问题。

本来这种科幻方面的新闻除了科幻迷没人看，我在朋友圈也没转发。可因为提到我的本名和故乡南川，南川本地的媒体公众号不知怎么给转了，还改了个浮夸之极的标题《昔日高考状元，今日科幻大咖——南川小伙谢宝舒喜获世界银河奖》（大概是把"科幻世界银河奖"断错了句），这篇报道很快转到了我的高中群里。高中同学谁还不知道谁，我高考的滑铁卢是那一届的大新闻，人家至今记忆犹新，看到这种文章会怎么想？当然也没人当面揭穿，只是许多人阴阳怪气地说"恭喜状元郎！快发红包"，我尴尬地辩解说是记者乱写的，不久就退群了。

这是一次不愉快的小风波，我本以为到这儿就结束了，谁料还有下文……不，除了下文还有上文，牵扯到 1999 年之前的许多年、许多事——一些我早就忘记的人和事，在那次报道之后又重新浮出水面，揭露出一个个尘封已久的秘密，最后让我卷入了一桩可能改变世界的神秘事件……这件事和《科幻世界》倒还有点儿关系，既然说到这里，我就干脆都写出来，作为一点儿纪念吧！

2

退群事件后没几天，一个叫"沙和尚"的微信号加我，留言说"我是沙子明"，我看到后吃了一惊。沙子明是我的高中班主任，语文老师。我高中时喜欢舞文弄墨，沙老师也蛮欣赏我，还推荐我参加过新概念作文大赛（不过没拿到名次），师生感情不错。但我高考砸锅以后，愧对老师的期望，不好意思见他，也就基本断了联系。

他既然加我，我当然很快通过了验证。稍微寒暄几句后，沙老师说他看到那篇报道。我只好又澄清了几句。他问我什么时候当了"大作家"，我忙说只是一个普通作者，写了几本不畅销的类型小说而已。沙老师说你写的小说不是得了世界大奖吗？我忙说不是不是，是国内的一个科幻奖项……沙老师"哦"了一下，转入正题。原来下个月是我的母校——南川县第一中学建校六十周年校庆，要请一些知名校友回去和学生们见见面，校方也希望邀请我，毕竟我校还没出过科幻作家。

我答应了。一方面，自己母校和老师的请求总不好拒绝；另一方面，我承认自己也有点儿虚荣心，作为"知名校友"回母校能挣点儿面子。沙老师让我准备半小时左右的演讲。我花了不少时间准备讲稿，题目叫《当代中国科幻与时代精神》，还特意把我和科幻名家刘慈欣、王晋康、韩松等人的合影放进了PPT。

校庆前一天，我回到了少年时代生活的南川县。南川在浙江中部的山谷里，没有机场也没有铁路。我只能飞到杭州萧山机场，改乘大巴，经沪昆高速开到浙江腹地的连绵群山中，下了高速还有七弯八绕的国道，到南川县城已经是傍晚了。我惊讶地发现，汽车没有开到原来的汽车站，而是停在了新建的城北客运中心。我又打了辆出租车才到了市区，沿途看到的城市景象和记忆中的大相径庭，几乎都不认识了。

我不是土生土长的南川本地人，老家在西安，九岁那年因为父亲工作调动才到南川读书。我上大学后不久，父亲调回在西安的原单位，母亲也在那边找了新工作，举家西迁，南川的房子也没保留。我虽然在南川住了十年，但离开后只有 2000 年搬家时回去过一次，后来十几年都没再回南川。这些年中国经济日新月异，南川也几乎变成了另一座城市。

沙老师大概不清楚我家的情况，以为我回南川就是回家，所以没安排接待和住宿。我也不好意思提，好在县城里住宿不贵，我就在南中附近随便找了一家宾馆，开了间大床房。晚上我出去吃了一顿久违的南川菜：萝卜排骨汤、雪菜烩白虾、豆腐焖火腿、南川小汤包……还是记忆中的味道，我对南川的感觉渐渐回来了。

饭后还不是很晚，我溜达回以前的旧居看了一下，发现旧小区完全拆掉了，变成大型购物中心。我有点儿失望，信步走到县城中心的南川河。当年这条河又脏又臭，都是工业废水，如今经过治理水清澈多了，沿河还修了绿地和栈道，可以供人休闲散步。走在河边，秋风徐徐，倒也不无惬意，只是风物早非昔日旧貌。

好在道路格局并没有太大变化，走着走着，我的双脚似乎自己恢复了记忆，带着我离开主路，过了大桥，拐了几个弯，又经过一座小桥，踏进了一条城西的街巷。我惊奇地发现，这里竟然还大致是当年的模样：马头墙、吊脚楼，脚下是光润的青石板路，头顶是两边的老式房檐，只留下一线天空。不过许多老房子翻修过，变成了临街的店面，到处还挂有写着"南川古城景区"的牌子。我恍然大悟，难怪这里还基本保留旧貌，原来是改成了旅游景区。

目前是淡季，似乎没什么外地游客。古色古香的南方街巷给人时空迷离之感，在昏黄的路灯下，听到远近亲切绵软的本地方言，看着里弄的孩子在身边穿梭嬉戏，恍惚间又把我带回了二十年前。当年，我就是怀着与人约会般的憧憬，兜里揣着几块钱，走在这条巷子里，前往一个甜美诱人的神秘之境，准备进入远离尘嚣的另一个世界……

拐过一个弯，前方闪现出一片似曾相识的光亮——一间灯火通明的古朴雅致的二层小楼。我发出一声惊叹，那地方真的还在这里？还是我又穿越回了二十年前？

我擦了擦眼睛，才发现整个店面已经完全不一样了，门上是"竹林酒吧"几个艺术字，下面还贴着店铺的二维码，提醒我这早已不是二十世纪九十年代。我信步走进楼里，酒吧不大，光线幽暗，音乐柔美，不多的客人在里面饮酒谈笑。我走到吧台附近，服务生问我要来点儿什么，我没有回答，只是环顾室内的四壁和天花板，心头隐隐又浮现出记忆中的场景。对，这里本来有一个架子，那边又有一张长桌，左边是文学区，右边是历史区……过去与现在，两个似乎完全无关的房间像量子叠加态一样重合在一起。

虽然已经重装得面目全非，但面前毫无疑问还是那间老屋，那个我曾经消磨过无数个下午和晚上的乐园，那个古老神秘的圣地，那个包罗万象、无穷无尽的小宇宙……

服务生还在问我要喝什么，我反问他："这间酒吧开了多久了？"

他愣了一下，才说："我不知道，我是新来的……"

"有七八年了吧。"旁边较为年长的酒保搭话说，"古城景区搞起来之后就开业了。"

"这间房子是你们租的吗？"

"是老板买的，之前好像是一个面馆，做不下去关门了。"

"面馆……这里还改成过面馆……"我喃喃道。

酒保听出端倪，"哥，你以前来过这里？"

"嗯。"我感慨地告诉他，"二十年前，这里是一家书店，我小时候常来。"

酒保表情有点儿奇怪，"原来真是书店？"

服务生也插口说："今天是怎么了，一个两个都来说书店的事……"

我听他的话别有蹊跷："你说什么一个两个？"

"就刚才有个漂亮姐姐，也在这里转了半天，眼泪汪汪地跟我们讲，这里以前是书店，叫星……哎，叫星什么……"

"星光书店……"我说，心中惊奇除了我还有人记得这里。

"对对，星光书店！她也是这么说的！"

3

大概是职业病，不知不觉就讲成了小说。回到正题吧，其实那家"星光书店"是我小时候常去的一家书店。我和《科幻世界》最初也就是在那里结缘的。

二十世纪九十年代，南川的书店屈指可数。除了不开架阅览且售货员总是一张臭脸的新华书店，就是学校附近几家卖教辅材料为主的小店——往往和学校老师有关系，靠他们介绍生意。另外就是租书店了，里面都是些粗制滥造的"全庸""吉龙"什么的。我身边也几乎没什么人读书，大部分同学一放学就直奔游戏厅。

一九九三年暑假，我刚小学毕业，某个晚上到城西去找同学玩，谁知同学出门了。我信步乱走，不知怎么便走进了一条小巷，在巷子深处发现了这间奇怪的小店。店名是繁体字，且字形怪异，我只认出了其中"星"和"店"两个字。店门口装饰的小灯泡连成天上星座的图案熠熠发光，大门上还贴着恐龙头像的电影海报（我后来才知道那是美国正在热映的《侏罗纪公园》），看这风格我想也许是卖玩具的店。

我好奇地推门进去，却猝不及防陷入一片书的海洋：八九层的木头架子像是童话里的豌豆藤一样从脚下生长到屋顶；中间的圆形展台又如同庄严的圣坛，上面摆放的精装本就像是神秘的宝盒；周围架上五光十色的书籍像万紫千红的花卉，又像无数凝视我的眼睛。我瞪大眼睛环顾着四周，就好像一个站在上海人民广场上的乡巴佬。

后来我才慢慢知道，这里有人民文学出版社和上海译文出版社出版的世界名著，有中华书局和上海古籍出版社出版的经史子集，也有商务印书馆和三联书店出版的思想经典，还有四川人民出版社出版的"走向未来"丛书，湖南科技出版社出版的"第一推动"丛书……这些名称都是我后来才慢慢熟悉起来的，当时我只有一种感觉：原来世界上还有这么多各种各样的书啊！

"喂，你找什么书啊？"这时候我听到一个男人的声音。转过头，我看到了一个穿着老式布衫，戴着黑边眼镜的老伯。他身材很高大，脸型瘦削，头发已经花白，脸颊上纵横沟壑，目光也有点儿严厉。

"我……我不……"我不知该怎么说。我本来不是来买书的，而且这里的书我几乎没一本认识，连名字都说不上来。我感觉自己像是闯入瓷器店的公牛，心一慌，转身就想离开，谁知背上的书包回扫，立刻将展台上的几本杂志碰掉了。

"哎呀，对不起！"我慌张地说着就要收拾。老伯似乎有点儿不满，眉心拧到了一起，嘟囔着："你怎么搞的？算了，我来！你又不知怎么摆。"

他推开我，自己蹲下捡杂志。我手足无措地站在中间，想走，老伯挡在门口；留着又实在是羞窘，眼泪都快下来了。

老伯抬头，问我："小朋友，你多大了？"

我红着脸说："十三岁。"

"几年级了？"

"开学上初一。"我老实回答，说了几句话之后，稍微放松了点儿。

"嗯，初一，这年龄正好……"他随手将手上捏着的一本杂志递给我，"看过这个吗？"

我盯着一本封面花花绿绿的杂志惘然摇了摇头。那杂志上面有一个长翅膀的白衣女人，一些奇形怪状的机器，上方印着四个墨绿色的大字——《科幻世界》。

"登的是科幻小说，很有意思的。"老伯不愧是书店老板，开始热情地推销起来，"科幻小说知道吗？"

我怯生生地说："我……我看过一本《八十天环游地球》，算吗？"那是我回老家时在表哥家看到的，封面上好像有"科幻小说"的字样，我囫囵吞枣看完了，觉得很有意思。

"那个……严格讲不算科幻，不过作者儒勒·凡尔纳也是科幻作家的鼻祖。你看，这儿有一套"凡尔纳作品集"，收录了凡尔纳大部分的作品，《从地球到月球》《海底两万里》《地心游记》……"他列举了一大堆书名，但我几乎都没听过。

"不过凡尔纳也是一百多年前的人了。"过了片刻，他大概也判断出我这样的顾客买不起这种大文集，改口说，"你可以先看这本杂志，有最新的国内科幻小说，这期……这期我刚看过，有一篇《亚当回归》，一个叫王什么康的新作者写的，很有意思……"

我好奇地接过，翻了几页，头几页就是那王什么康的写的小说，映入眼帘的几句话，我迄今还记忆犹新："雪丽小姐用光滑的手臂攀住他的脖子，他低下头……"

我赶紧合上书，一颗心怦怦乱跳。"多少钱？"我紧张地问他，好像做贼。

"一块五。"他说。

我摸了摸自己的口袋，里面躺着几枚跃跃欲试的硬币。

我买下了那期《科幻世界》。这是我第一次读到这本杂志，王晋康的《亚当回归》也是我读过的第一篇当代科幻小说。这篇作品吸引人的当然不只是一些情趣描写，它有着超出我当时头脑的奇妙想象和深刻思考，当然其他一些小说也很有意思。我之前从没想过，世界上还有人写这样的故事。在上学放学、作业考试的无聊现实之外，还有那么有趣的世界！恐龙在远古大陆上咆哮，飞船在未来的星际翱翔，时间旅行者穿梭在光怪陆离的时空中，爱情在宇宙尽头燃烧……那是多么迷人，多么不可思议的生活啊！

我很快被科幻迷住了，过了一礼拜又去了那家书店一次，当然那时候已经知道了那家书店叫作"星光"。我买了前后几期的《科幻世界》，读到了何宏伟、韩松、吴岩等人妙趣横生的文字，还有阿西莫夫、克拉克等外国作家的经典短篇。就这样，我渐渐成了星光书店的常客，从初一到高三，一期不落地买了六年的《科幻世界》，还有其他许多科幻图书。像店主老伯推荐过的"凡尔纳作品集"、阿西莫夫的《空中石子》、克拉克的《太空漫游》、几本当代美国科幻年选以及一套八十年代的"中国科幻小说大全"，它们至今仍然是我书房里的珍藏。

当然，还有很多书因我囊中羞涩，没有钱买，便站上几个小时把它看完。对这种无赖行径，店主从来没有干涉过我……不，严格说也管过。有一天我腿都快站断了，偏偏故事又看到最抓人的地方，停不下来。他给我拿了一个板凳，让我坐着看，后来，我就能享受坐着读书的待遇了。

老伯对我不错，我也几乎把所有的零花钱都贡献给了星光书店，也不光是买科幻书籍，其实各种各样的书我都感兴趣，比如《古文观止》、"莎士比亚戏剧集"、《全球通史》、《皇帝新脑》……这些今天看来很普通的书籍，当年却为我打开了一个又一个新世界的大门。在好些日子里，我一到周末就去书店消磨掉一个下午。店里经常也没有多少顾客，就是我和店主两个人在里面，一老一少，彼此也不说话。我低头读书，他整理书籍或者在纸上写写画画（我想是在算账），似乎成了默契的忘年交。

那些似乎没有止境的悠长时光，本已消逝无踪，此时却又重新浮现。我似乎还可以看到老伯在书架前整理书籍，对我微笑……

"那个姐姐刚走，你们认识吗？"

我回到了现实，看到眼前好奇的服务生，摇了摇头，"不，不认识。"

二十年过去了，眼前是一个音乐酒吧，四壁陈列着看起来高档的外国酒瓶。酒保在酒柜前调制复杂的鸡尾酒，一旁有乐手在吹萨克斯管，几对小情侣在角落里聊天——我在这里看书时他们大概还没有出生。当年那些挺拔的书架，还有书架顶上从来无人问津、似乎屹立在永恒中的《二十四史》《鲁迅全集》《大英百科全书》……都不知哪里去了。面目全非的旧址里，支离破碎的记忆如同时间的幽灵，上下飘飞，却无处安放。我心中涌起一阵感伤，叹了口气，离开了这里。

深夜，少年时的回忆侵入梦里。我恍惚中再次回到了书店，走过似乎无穷无尽的书架，走进一个幽深的房间，那里躺着一个黑色的箱子，箱子打开着，里面是一个吸收一切光线的黑洞，似乎正等着我的到来……

我在夜里惊醒，再也睡不着了。

4

第二天就是校庆日，和南川别的地方一样，母校也已经有了很多改变——从校门到运动场都翻修一新，建起了许多高大漂亮的楼群，男女生像是从偶像剧里走下来的，校服都非常洋气。我去问路，他们礼貌地叫我"叔叔"，让我感到了时光的无情。

校庆盛典在新建的大礼堂举行，我本来以为自己算是比较重量级的嘉宾，结果发现真是想多了。南中建校六十多年，请回来各行各业的校友多达上百人，每个人的成就都光芒耀眼，令我汗颜。国际知名的大作家曲华、中国科学院院士蒋子枫等我们那时候都耳熟能详的大名人就不用说了，其他嘉宾包括曾任驻多国大使的外交官，全国有名的金牌律师，知名饮食品牌"胖哥鲜虾煲"的创始人……甚至还请了我的同班同学老朱（就是作文写继承了爷爷光辉记忆的那位），他这些年官运亨通，已经是某地的司法局副局长，见面拍着我的肩膀说："老谢，听说你写科幻小说啦？我最喜欢看玄幻了！那个南派三叔的《盗墓笔记》写得不错……对了，你写的魔幻小说回头寄几本给我啊……"

我准备了好久的演讲稿，没能用上。沙老师满怀歉意地告诉我，因为演讲时间变动不好安排，问我介不介意改成文章，回头登在校报上，我当然只有含笑说没关系。后来我才听说，其实文化这方面本来是请大作家曲华演讲，他说在国外来不了才临时安排上了我，结果人家改了行程赶回来，自然没我什么事了……

这次回母校的有三个人出过书，母校非常"贴心"，下午专门给我们安排了一个签名售书环节。三张桌子并排放着——我左边是蜚声国际的大文豪曲华；右边是一个叫沈淇的高挑美女，比我小好几届，是个漫画家，但我从未听说过。这种签名售书我也有过几次经历，基本都是给知名作家做陪衬的。这次和文坛大腕曲华在一起签售，肯定是一天一地，好在还有一个无名漫画家陪绑，稍感宽慰。但我很快发现，这位沈淇小姐的读者竟然不比曲华少！南中好多女生都是她的粉丝，拿着她的漫画去找她签名。两个人桌子前都排了几十米的长队，只有我前头门可罗雀。

曲华和沈淇签书的大部分时间，我都在尴尬地低头玩手机，好在这也是常遇到的事。我找了个欺骗性的角度，在朋友圈里发了张我在签名售书，仿佛读者如云的照片，等了半天也没几个人点赞。我百无聊赖，查了查沈淇的资料，发现她是一个网红漫画家，还是微博大 V、B 站 up 主等等，最近几年红透半边天。不过网上资料没有提她是南川人，只说是日籍华人，东京艺术大学毕业，作品曾在《JUMP》上连载，目前在东京有独立工作室云云。比起她的漫画，网上更多的是她清丽惊艳的照片。我看了看身边的真人，又看了看照片，心中不得不承认，人家还真不是靠 PS 的，但我还是腹诽了几句"什么美女漫画家，还不是靠颜值，现在人真肤浅"……

好在最后来了几个男生，虽然也没买我的书，但拿着几期有我小说的《科幻世界》找我签名，让我稍微挽回了一点点面子。不过聊了几句，原来他们是想托我请刘慈欣老师来学校做讲座，我答应帮他们问问，但心知可能性很小。

签售之后是晚宴，我坐在偏席，桌上大部分人都不太熟，只有同学老朱是旧识。我们聊了聊读书时的往事和一些同学的情况，只是小心翼翼地避开了高考的事。后来我们去给沙老师敬酒，沙老师感慨了几句："宝舒，你现在发展还是不错的。科幻我不懂啊，不过呢，写作的道路是很宽广的，希望你越走越宽！"

我懂沙老师的言外之意，他一直期望我能成为第二个曲华，写出像《许三多卖肉记》之类蜚声国际的现实主义巨著，对我写科幻小说本来不以为然。但无奈我第一没那才华，第二从小被带上了科幻的歪路。我明白沙老师对我是比较失望的，惭愧之下无话可说，只能端起酒杯，一饮而尽。

过了一会儿，沙老师、老朱他们都应酬去了，我觉得多待也没什么意义，便自己溜了出来。刚出门，就听到后面有人叫："喂，谢宝舒！"

我回头，见是那个美女漫画家沈淇，不由一怔。她脸蛋红扑扑的，显然是喝了不少酒，摇摇晃晃走到我面前问："你去哪里？"

我赔笑说："我喝得有点儿多，明天一早还要赶飞机，就先回去了……很高兴认识你，对了，我很喜欢你的漫画！以后多联系……"

她没理会这些场面话，一挥手打断了我："我还有事找你，出去说吧。"

"……好的。"我答应了。但心中不无诧异，她找我干什么？虽然广义上都是写故事的，但方向相差很远，即便漫画和科幻有合作的空间，但她的少女漫画和我的宅男科幻也不太容易搭上关系吧？这位学妹是不是喝得太醉了？

沈淇果然是有点儿酒瘾，一出门左拐右拐，居然回到了昨天的"竹林酒吧"，服务生迎上来，问："姐姐你又来了？咦……你们……"

我这才明白，原来沈淇就是他昨天说的那个漂亮姑娘，但却更感疑惑。她点了两杯鸡尾酒，光酒单上的价格就让我一点儿醉意也没有了。我说喝不动酒，沈淇给我叫了杯苏打水，自己却自斟自饮，也不太说话，只是表情奇异地盯着我。

我被她盯得有点儿发毛，问道："那个，沈……沈学妹，你找我是……"

她托着腮帮子，露出诡异的神情："你、你真的想不起我是谁了吗？"

"我……你是……"我心中一片迷茫，虽然是校友，但她的年龄至少比我小三四岁，我上初中她上小学，我上高中她上初中，压根儿就不认识。

她失望地摇了摇头："原来你一直不知道，我是沈星光的女儿。"

"沈兴光……沈兴……"我在脑海中搜索着，我当年在南川时，认识一个叫沈兴光的吗？是南中的哪位老师？还是父亲的同事？或者是当年同一个楼的邻居……

她皱了皱眉头："就是这里的星光书店！你每礼拜都来，难道不知道老板是谁吗？"

"啊！"我惊讶地叫出了声，原来她是那位伯伯的女儿！我随即想起来，当时在店里看书的时候，的确有时会见到一个小姑娘进出，依稀也知道是老板的女儿，还听到老伯叫她"小奇"什么的，原来就是她啊！当时还是个小学生，谁料女大十八变，如今成了漫画界的女神级人物——

等等！我的注意力又从眼前的女郎身上被拉开，回到前一个信息，原来她父亲叫沈星光，这名字好像——

我大脑深处两根不相干的神经元突然擦出了火花："啊，沈星光难道就是……那个沈星光？"

5

我还真知道沈星光这个人，只是根本没有和南川这个地方联系起来。

现在记得这个名字的人已经很少了，但过去也稍有名气。他是二十世纪八十年代早期的一位科幻作家，作品不多，大概十几个短篇，出过两个集子。论知名度，他不能和郑文光、童恩正、刘兴诗、肖建亨等"四大天王"相比，但一度也和王晓达、金涛、吴岩等新锐作家并称。他的出名还有一个历史原因：他的代表作《人生梦幻曲》被指为"反科学""黄色小说""思想反动"，成为批判的靶子。此后他没法再发表作品，于是淡出了科幻界，不，应该说当时整个科幻界都土崩瓦解，也没人关心他到哪里去了。

然而沈星光居然一直住在南川，还开了一家星光书店？会不会是重名？

我稍微一回想，就可以确定，星光书店的确和科幻有特殊的缘分，应该不是巧合。

和星光书店熟起来之后，我每期《科幻世界》都买，还看完了不多的几本外国科幻小说，意犹未尽，问老板国内有谁的书好看。老板说郑文光的《飞向人马座》还可以，这书我也听说过，但不知哪里有。南川的公立图书馆又小又破，馆内科幻小说只有一本《小灵通漫游未来》。我便问他，星光书店里有没有这本书。

他笑了笑，掀帘进了内间，过了一会儿拿出了一本《飞向人马座》，是很早的版本，但过去了十来年，保存得还相当完好，几乎是全新的。最令人惊讶的是，扉页上还有两三行龙飞凤舞的手书，上面一行认不清楚，好像是"XX 同志 XX"，下面依稀有"郑文光，一九八〇年 X 月 X 日"的字迹。

"老板你太厉害了！"我大叫了出来，"这可是作者签名版啊！这宝贝你也能淘到！"

他笑而不语。

我问："多少钱啊？我要买！"

"这个不卖。"他眨了眨眼睛，"个人收藏。"

看我失望的样子，他拍了拍我的肩膀，"不过呢，你可以在这里看，翻的时候小心点儿，千万不要折坏了。"

就这样，我在他那里花了一下午读完了《飞向人马座》，看得如痴如醉。后来，我在书店又看到过一些现在已经不好找的科幻小说，像宋宜昌的《祸匣打开之后》，童恩正的《古峡迷雾》，还有别利亚耶夫的《陶威尔教授的头颅》，叶弗列莫夫的《仙女座星云》等，他那里基本都有，保存完好，虽然不卖也不借，但可以供我在店里阅读。

这些神秘的科幻书籍不在架子上，每次都是他从帘子后拿出来的。这让我对里面的房间充满好奇。有一次，他要去对面小店买包烟，让我帮他看着店面。我便大着胆子，趁机溜到了里面，看到贴墙放着一个很大的书柜，有玻璃门保护，上面的确都是科幻小说，有很多我知道的，还有很多当时我没听说过的，甚至还有一些英文和俄文书。显眼的地方放着沈星光的两本集子：《一亿年前的星光》和《人生梦幻曲》。最底下一排，是整整齐齐的历年《科幻世界》杂志。

现在想来，这一切实在是很明显的线索。但我实在是个糊涂人，根本没有把这一切联想到一起。我甚至不知道这位伯伯到底姓甚名谁，因为平时用不到，也就没有去问过。

"原来你一直不知道。"沈淇幽幽地说。

"我……我真不知道，"我懊恼地说，突然想到一件事，"哎呀！我还说过他……我这嘴啊……"

当年我读科幻的时候，班上没人看科幻，唯一知音就是这位大我好几十岁的书店老板，我也只能和他聊科幻。从凡尔纳·威尔斯说到阿西莫夫克拉克，从叶永烈、郑文光说到刚出道的王晋康、何宏伟。那时候说话也不知道天高地厚，大作月旦评，"凡尔纳那些人太老了，没意思；克拉克的《与拉玛相会》想象力很不错，但是情节又太枯燥了；阿西莫夫的《基地》是好看，但什么银河帝国一点儿科学性都没有……"

说到中国科幻作家，当然也不会太客气："《小灵通漫游未来》是给小孩看的……《飞向人马座》写得太拘束了……沈星光？我觉得他是这些人里最差的……想象倒是有点儿意思，但是下笔很笨，故事老套，还喜欢列举一些科学公式装科学家……"

记得老板当时满脸不高兴："小屁孩懂什么，根本不懂科幻，走走，以后不给你看了！"

我那时候和他已经非常熟了，所以也没当真，过了几天又来看书，他也跟没事人一样，继续跟我聊天……可谁知道，他就是沈星光本人！

"记得有次你说沈星光写得差劲，"沈淇居然也记得这事，脸上带上了一丝笑意，"我爸可气了半天，我在里面听到都笑死了。我想告诉你吧，我爸还不让，叫我绝对不能说出去……也难怪你一直想不到。"

我连拍自己脑袋，懊恼之极："真对不起……我是完全无心的，一个开书店的老伯，怎么会是那么有名的作家呢！我是一点儿也没往那个方向去想。"

"不怪你，"沈淇仰头又是一杯酒，"反正我爸也没什么名气。"

"还是很厉害的，"我诚挚地说，"我这些年重读过你爸……沈老师的作品，写得还是很有意思，很多方面都开国内之先河，思路相当超前。真的，我不是临时瞎说，我去年编了一本书《科幻中的中国历史》，序言里专门提到了沈星光对后人的启发。"

她点头说："我知道，我看过这本书。"

"你看过？"我有点儿意外，这书销量平平，很多科幻迷都不知道，想不到沈淇却看到过。

"嗯，上个月的报道我看到了，才知道你成了科幻作家，后来我买了你所有的书，还给你发过微博私信，你可能没看到。听说你要回南川，所以我也特意回来……"沈淇似乎说不下去，又拿起了酒杯，我看到她的手都有点儿发抖，似乎很是激动。

我的心跳开始加速，沈淇虽说当年和我是有点儿渊源，但连认识都勉强不能算。现在又比我红那么多，怎么会这么关注我？难道她对我……是了，当年我还是挺帅的……

我不由浮想联翩，却哪里知道，这背后的真相远远超出了我哪怕最离谱的想象。

尴尬地沉默了片刻后，我转了个话题问道："对了，沈老师还在南川吗？还是搬走了？二〇〇〇年我回南川时还来过店里，但是门口上了锁，招牌也没有了，之后就断了联系。有机会的话，我一定要登门拜访……你怎么了？"

我立刻发现自己说错了话，沈淇仿佛被毒蛇咬了一口，脸上的表情变得十分怪异。过了一会儿，她的眼眶红了，鼻翼开始抽动。我开始隐隐觉得不妙，记得沈星光应该是二十世纪四十年代出生，现在应该七十来岁，虽然年纪不算很大，但说不定……

　　果然，沈淇哽咽着说："我爸……已经……去世……"说出每一个字似乎都十分艰难。

　　"啊？是什么时候的事？"我看她这么难过，心想应该是不久前，后悔不该触动她的伤心事。

　　谁知道她的回答却出人意料，"是十八年前……"

　　"一九九九年？"我讶然问，九九年是我高考的时候，那年老伯看起来身体也没什么大问题，怎么可能当年就走了？

　　这一系列的惊人消息已经很出人意料了，然而沈淇的下一句话令我几乎跳了起来。

　　她抽噎着说："是……我……我……杀了他……"

6

　　沈淇说完这句话，就捂着脸哭了起来。我下巴掉在地上，半天才捡起来。

　　"你……你醉了吧？"我愣了半晌才问。一个楚楚女郎说十八年前杀了自己的父亲，显然只能是胡话。

　　"那时候我只有十五岁……"沈淇哭了一阵，开始喃喃自语，"我什么都不懂……他老是管我，不让我看漫画……我真的很烦他，想去日本找我妈……那天一时冲动……我……我就……"后面又说了几句话，却听不清楚，她的声音越来越小，终于打了个嗝，便趴在桌子上不动弹了。

　　"沈淇？学妹？"我唤了她几句，她却没有回应，过了一会儿发出轻微的鼾声，竟真的醉倒了。

我万万没想到事情会演变到这一步，我怎么莫名其妙卷入了一起多年前的杀人事件？撇开这事不说，一个大活人醉在这里，我能怎么办？我根本不知道她住在哪里。

我只有忍痛支付了一千多元的酒钱，把她扶出去，又打车回到自己的宾馆。中间沈淇半醉半醒，还吐在了车上，害我多给了司机一百块。宾馆里几个服务员看到我搀着一个醉倒的美女回来，都露出了心照不宣的笑容。我心中忐忑，万一有人认出我或者沈淇（当然后者的可能大得多），那我跳进黄河也洗不清了。

我搀着沈淇进电梯的时候，她似乎又醒了一点点，口中喃喃说了几句："为什么你要去写科幻小说……你不应该写科幻的……难道是真的……"

我心中越发莫名其妙：我写不写科幻，和你有什么贵干？但她这样子也没法询问。好不容易进了房间，我把沈淇放在床上，给她盖上被子。这才出门找了个角落抽了支烟，从头整理了一下思路：

二十世纪八十年代的老科幻作家沈星光，在九十年代开了一家星光书店。我当年因为去书店读书而与科幻结缘，但并不知道老板是谁。他的女儿沈淇，在十八年前"杀了"他，然后去了日本。十八年后，我也成了科幻作家，沈淇因此激动地来找我……这些事是怎么能联系到一起的？我摇了摇头，心里头一团乱麻。

不过我随即想到，有一个人也许可以帮我，于是拿出手机拨通了电话。

"喂，是吴老师吗？"我问，"吴老师，我宝舒，哎，您好您好！这么晚打扰您真不好意思，有件事想请教您，您和沈星光老先生认识吗？对，我想了解一些他的事情……"

吴岩教授，很多人都很熟悉。他是二十世纪七十年代末就开始写科幻的，当时还只是一个中学生，不过已经崭露头角，和很多老辈科幻作家有过交往。他也是少数在一九八四年以后还坚持创作的作家，不过现在主要在大学里从事科幻研究，对于自己亲历过的那段科幻史，他的了解想必非常深入。

听到我的问题，吴老师有点儿意外，但很快打开了话匣子。据他说，沈星光的确原籍南川，不过二十世纪六十年代初去了上海上大学，后来在上海工作。一九八三年那年他受到很大的冲击，本来档案已经调到了上海文联，正在办入职手续，被批判以后文联不要，又退回了原单位。他的原单位是市里的一个工程部门，也不敢要这种麻烦人物，就说已经调走了不能再调回来。双方踢了好久的皮球，一来二去，沈星光无处栖身，只有回南川原籍，和其他人也断了联系。

我想起沈淇说的一些事，又问了吴老师沈星光的家庭情况。吴老师叹了口气告诉我，沈星光结婚比较晚，老婆是经人介绍认识的，一九八四年生了一个女儿。他受到批判后，老婆怪他写小说惹事，怕牵连自己，果断和他离婚了。他老婆能折腾，第二年趁着出国热的东风，靠跨国婚姻嫁给一个日本人，去了日本。沈星光带着女儿回了南川，后来的情况，吴老师也不清楚。

我问："那沈星光去世的事您也不知道吗？"

"啊？"吴老师也很吃惊，"星光去世了？什么时候的事？……什么？一九九九年就……太意外了，太意外了，那时候他还不到六十啊！唉……真想不到……"

他反过来问我，怎么知道这些的。我不便说沈淇的疑案，只说自己之前就认识这么一个开书店的老伯，最近回母校，才听说了他的身份和他去世之事，至于去世的详情，我也不清楚云云。

"原来星光还一直在关注着《科幻世界》……"吴老师听我说了我们相识的经过，叹了口气。

"怎么了？"

"他是《科幻世界》最早的作者之一，处女作就是发在那上面的，那时候还叫《科学文艺》呢。"

我回忆了一下："就是那篇《一亿年前的星光》吧？"

"是啊，所以他对《科幻世界》一直很有感情……对了，差点儿忘了，他九几年还给杂志社投过稿。"

我忙问详情。原来，二十世纪九十年代《科幻世界》再度繁荣，对沈星光的批判也早已时过境迁，发表应该没有什么障碍了。大概是一九九四年还是一九九五年，他又往《科幻世界》投了一篇稿子。不过距离上次发表过去了十年，以前熟识的编辑很多都走了。而收到稿件的新编辑是从其他行业转来的，甚至不知道沈星光是谁，一看稿子里故事说得不清不楚，还有很多看不懂的公式图表，不像个小说的样子，便直接扔到一边。

"这……有点儿不负责任吧？"我有些不平。

"也不能全怪编辑，那本稿子在角落里放了几年，偶然被杨老师——就是老社长杨潇——发现了。她是《科学文艺》时代过来的，认识沈星光，当时吃了一惊，亲自看了一遍，发现这篇稿子的确过于晦涩混乱，而且也太长，没法发表。杨社长还想让他改改看能不能发，但原地址已经联系不上了，估计那时候他已经……唉……"

我还是有点儿不信："沈星光的作品可能是老派一点儿，但不至于发表都不够格吧？"

"我亲眼看过，的确问题很多……我想，是当年的批判把他毁了。"

"这怎么说？"

"当年批他的一个原因是伪科学，胡编乱造，这当然也是不对的，对科幻怎么能用科学的标准去要求呢？但是沈星光本身是理工科出身，性格又比较轴，他当真了！他真心觉得自己的小说不够科学，要写一些完全符合科学的作品，所以小说中加入了大量冗长无谓的科学说明文字，跟学术论文似的。他理科功底很扎实，那些东西倒是信手拈来，可谁看得懂呢？他心目中的理想读者大概是钱学森吧！"

我十分意外。我记得沈星光的阅读品位并不如此狭隘，各种作品都能欣赏。但是自己的创作可能是另一码事了，不知道当年的批判伤害他有多深，令他走不出心理阴影。

我看也问不出什么进一步的资料，便感谢了吴老师。他嘱咐我多打听一些沈星光的事迹，将来写科幻史也许是宝贵史料，我答应了，便结束了电话。

回到宾馆房间，沈淇还在酣睡，呼吸均匀悠长，显然已经睡熟。我走也不是，留也不是。只得坐在一旁，在网上搜了一下沈星光的作品。沈星光的书我以前自然读过，但已经过去了若干年头，许多细节都记不清了。在作家沈星光和我认识的那个老伯二者合一之后，我感觉有必要重新再研究一下。

网上能找到沈星光的作品不多，主要就是《一亿年前的星光》和《人生梦幻曲》两个短篇代表作，这两部作品的确很能代表他的风格。《一亿年前的星光》是他的处女作，刊发在一九七九年的《科学文艺》创刊号上：说的是一亿光年外，有一颗超新星爆发被地球观测到了。科学家发现，超新星爆发的电磁波流是经过调制的，原来是外星人引爆了这颗恒星，又以超级技术手段在其辐射中隐藏了大量的信息。最后，经过科学家的解码，发现其中有十二个数学和物理学公式，一大半都是人类迄今不知道的。原来外星人是以这种方式向宇宙广播，传送宝贵的科学知识。

这篇小说的设想堪称雄奇瑰丽，发表后引起了一些反响。我当年读后也是拍案叫绝。不过今天再看，就带上了一些批判的目光。沈星光的优点是想象奇崛而又能自圆其说，但缺点也明显：一是故事比较简单化，像这个点子可以写成更悬疑或者曲折的形式，但他只是平铺直叙，草草收尾；第二是他确实过于技术流，总共五六千字的小说，至少有三千字都在阐述分析超新星爆发的原理，通过恒星传播信息的可行性，以及如何破译毫无共同基础的外星语言等技术问题，很多读者都难有耐心看下去。

《人生梦幻曲》发表于一九八四年，主题又有了一定的变化。故事说，一位科学家发现人的脑电波活动具有某种"波粒二象性"，与宏观世界不同的概率波相联系。科学家就发明出一种梦想头盔，戴上去之后，可以将人心中的希望坍缩为未来的现实，也就是说，令美梦成真。这位科学家暗恋一个漂亮姑娘，但姑娘从不正眼瞧他，于是科学家启动这种头盔，祈祷姑娘嫁给自己，居然成功了！姑娘听说他做出了伟大的发明，便答应了他的求爱，科学家坠入温柔乡中。然而婚后，科学家发现妻子为人自私拜金，两个人并不合适。后来有坏人利用他的妻子想要骗到梦想头盔，经历了一番惊险后，科学家被包围。他用梦想头盔许下了让梦想头盔毁灭的愿望，最后整个实验室被炸毁了，科学家也当场殒命。

　　今天看来，这个故事虽然略显老套，但情节曲折跌宕，人物也有一定性格（我想，或许女主的原型就是他自己的妻子）。而且沈星光可能是吸收了一些评论界的批评，主要笔力放在情节推动上，并没有用太多笔墨讲解相关科学原理，艺术水准还是不错的。

　　不过小说的发表正好碰到了风口浪尖，在"清污"运动中首当其冲。我在网上还搜到一篇当年的批判文章。首先骂沈星光这篇是不入流小说，这小说中确实有一些朦胧的情色描写，这些今天看来不算出格的写法便成为口实；其次是批判其"反科学"，当时国内科幻中很少有人用到曾被指责为唯心主义的量子理论，批判者明显自己也不懂，只是大骂其歪曲科学，误导读者；不过最严重的还是说其"思想反动"。批判者一层层深挖出小说背后的"反动本质"："如果说靠一个头盔做一个梦就能够美梦成真，人生还需要奋斗吗？现实和梦境还有区别吗？那么每个人发一个头盔，是否就能够让'四化'实现了呢？我们的社会主义建设还有什么意义呢？我们不禁要问，作者写这样的故事，到底想要表达怎样一种思想趣味？"

　　我不禁为沈星光深深感到不平。这个故事的悲剧结局不就是说一个头盔不可能实现梦想吗？怎么能这么批判一个人呢？不过话说回来，故事设定的确会给人这样的印象，仔细想，也有不少情理不通之处。如果说我想要成为全宇宙的皇帝，难道戴个头盔做个梦就行了吗？这显然是荒谬的。当然写科幻小说有这样那样的程序错误并不奇怪，无限上纲上线就太过分了……

正在胡思乱想，突然手机一振，我打开一看，却是吴岩老师发来了几张照片，附言说："宝舒，沈星光给《科幻世界》的投稿，我当年好奇拍了几张照片，电脑里有，发给你看看，也许有用得着的。"

我精神大振，点开照片查看：果然是沈星光给《科幻世界》的投稿，标题叫《梦旅人》。照片没拍全，只有前头十来页，看开头有点儿像是《人生梦幻曲》的改写版，但写法却完全不同了。

《人生梦幻曲》主要探讨人性问题，技术方面本来虚写居多。但沈星光在《梦旅人》中却大反其道，比如小说开头提到，男主角是研究量子纠缠的物理学家，本可以一句带过，但他却花了两页纸解释什么是量子纠缠。后面有一段突兀地提到学术界对梦的认识，更是洋洋洒洒，从弗洛伊德、荣格写到阿瑟林斯基、文森、麦克莱恩等神经科学家，分析不同理论的异同和缺陷，简直是一篇博士论文的综述。我这才理解了，为什么《科幻世界》没法刊发这样的小说。这稿子似乎有神奇的催眠功能，我看了几页就开始眼皮打架，此时确实也已夜深人静。我靠在床尾想眯一会儿眼睛，竟然就此睡着了……

7

"啊，这是哪里！"

我还在半睡半醒中，便听到一声女子的惊呼，随后我脸上挨了一脚，一阵剧痛。我睁开眼睛，看到对面一双美丽而惊恐的眼睛，才想起来昨晚发生的事，忙结结巴巴解释，"那个……你突然醉得不行了……我……我不知道怎么办……"

沈淇脸上一阵红一阵白，我们对视了片刻，她突然跳下床，冲进了洗手间。我看了看墙上的钟指向九点半，我的飞机五分钟前就已经起飞了。看来，还得在南川待一阵子。

等到她出来之后，显然已经初步梳洗过了。她对我抱歉地笑了一下，"不好意思，昨晚我失态了，也不知道怎么会这样……"

"那个……你没事吧？"

沈淇在我对面坐下，长长出了一口气："老实说，有事。这一个月以来我每天都睡不着，所以养成了喝酒的习惯，把自己灌醉才能睡着。"

"啊？究竟出了什么事？"

"都是你害的。"沈淇的嘴角微微抽动，"自从我知道你当了什么科幻作家，还得了银河奖以后，整个世界就崩塌了……"

这是我百思不得其解的问题："我写科幻和你有什么关系？"

"不过，"她并没有回答我的问题，眼中却放出意外的神采，"刚才我刷牙的时候，突然想明白了一件事。这也许是一个机会，补救这一切的机会！"

"你到底在说什么啊！"

"怎么说呢……"她沉默了一会儿，似乎不知道怎么开头，扶额想了良久，突然露出自嘲的笑容，"真是报应，我从小就讨厌科幻小说，居然要做科幻小说里才有的事，还有比这更讽刺的吗……"

"你讨厌科幻小说？可你爸爸是——"

"正是因为我爸爸，我才讨厌科幻小说！我小时候一直想，要不是因为他写科幻小说，爸妈就不会离婚，我也不会离开上海，搬到南川这种山沟里的小县城……"

她这些话没头没尾，但是我昨天听吴老师说了沈星光一家的遭遇后，明白她话中所指，自然也不能怪她这么想。

　　"小时候，我知道我爸是个作家还挺骄傲的。不过后来发现他这个作家，又没名气写得又不好看，明明早就过气还在那儿写啊写的，还捣鼓一些科幻的玩意，也没见他换来一毛钱稿费！还有那什么《科幻世界》，上面的小说幼稚死了，宇宙飞船、外星人、时间穿越！我一直搞不明白，你和我爸这种人怎么会对这些东西着迷呢……

　　"不过话说回来，上面也有些有意思的内容。你记得吧？九几年的时候《科幻世界》上登过漫画，寥寥几笔就勾勒出一个活灵活现的美人，比小说有意思多了，看《科幻世界》我只看这个。我长大一点儿以后，就开始自己找漫画书来看，《圣传》《尼罗河的女儿》《美少女战士》……书店里都有租的，看得如痴如醉。结果我爸却认为这些书是坏书，看了影响学习，都给我没收了！"

　　我啼笑皆非，沈星光虽然自己是科幻作家，但教育子女也未见得多开明。

　　"那时候我成绩也不好。我爸是交大毕业的，数学很好，可我一点儿没遗传他的天赋，一看到数学公式就头疼。他就以为我是因为看漫画学习不用功，经常数落我，让我做一堆俄罗斯的数学题！还拿你当榜样教训我……那年你不是参加省里的什么知识竞赛得了个奖吗，在县里也算是个小名人，我爸让我请教你怎么学习。说实在的，那时候我最烦的除了我爸就是你了，看到你来书店里，我就故意躲开！"

　　我的表情应该很尴尬，沈淇也觉得说得有点儿过分，回到正题："反正那几年，我们父女的关系每况愈下，我就更叛逆了。

　　"这些也就罢了，一九九九年春天，我妈回来了，抱着我就哭，还给我带了一大箱子礼物。那时候，她在日本生活比较安定了，想带我去日本，我当然很想去！那可是动漫的天堂，有多少天才大师，多少知名的工作室啊！可是我爸却强烈反对，说当初我妈扔下我，不负责任，现在根本不配见我什么的，硬是把我妈赶走了，我真是恨死他了……"

我忍不住说："这也不能怪他，当初离开的是你妈，是沈伯伯把你拉扯长大的，你妈突然回来要带走你，他没法接受……"

沈淇凄然摇头，"你说得是没错，但这些事我当年怎么会懂？其实我爸也不光是出于怨气，还有一层顾虑，觉得我妈在日本那边生活比较复杂，去了也不一定是好事，但这些我更没法明白……反正后来我妈走了，我还是留在南川，觉得就像被关在暗无天日的监狱里。"

我回想了一下，沈淇说的那几个月正是我高三下学期，正在全力以赴准备高考，也就很少去星光书店那边，去了也只是买本新杂志就走。谁知道那段时间竟发生了那么多事。

"所以有一天，"沈淇的口吻变得阴森起来，"我看了一本漫画，脑海中突然蹦出一个可怕的念头……"

我不禁打了个寒战。难道她真的……

"不是吗？只要他一死，就没人再管我了，我妈肯定可以带我去日本，这边的房子一卖，我连学漫画的钱都有了……你这么看着我，一定觉得我的心很坏吧？不用否认，我自己也是这么觉得的……其实我理智上也明白他拉扯我长大不容易，他是为我好，但是我就是忍不住这么想，一边充满了罪恶感，一边这个念头挥之不去……"

我越听越是毛骨悚然，难道她真去杀了沈伯伯？

"所以，那天夜里，我偷偷躺进了那个箱子里，许下了这个愿望……"

"什么箱子？"我失声叫道，隐隐感觉不妙，一些久远的记忆在心头闪现，好像多年前的债主突然上门。

"我爸爸造的那个箱子，难道你忘了吗？"沈淇癫狂地笑了起来，"你不是也躺进去过吗？不就是靠它拯救你的吗？"

"你说我……我……"一股寒意从脚底升到脑门。

"原来你真的不记得了啊！什么燕大，什么科幻作家，什么银河奖……你的一切都来自那个——'梦之箱'！没有它，你说不定已经死了十八年了！"

8

我的身体剧烈颤抖了起来，周围的空气仿佛都被抽走，我无法呼吸，无法动弹。周围的世界仿佛在融解。

这件事，我这么多年都没有去想，几乎以为不存在了，但今天却又被她翻了出来。

这也并不奇怪，那是我人生中最痛苦不堪的几个月，事情过去以后，我把它封锁在记忆里，久而久之，也就当那件事不存在了。再说，那件事是那么荒谬可笑，怎么可能是真的呢？我以为，那不过是一个夏夜的梦魇，一个古怪的幻想，最多不过是一个拙劣的玩笑罢了。

但那件事是确确实实发生过的，在二十年后，它以完全想不到的方式重返我的生命。此刻，埋藏了二十年的记忆像潮水般咆哮奔涌，将我淹没。

一九九九年夏，世界末日的传说里，蝉叫得分外凄厉。全世界最渴望末日降临的人就是我。高考已经尘埃落定，分数也都已公布。我如中电殛，不敢相信，甚至去申请查过分数，但耻辱的低分已经牢不可破。大学基本成了泡影，我有一百种理由为自己辩解，但已经毫无意义。我整个人都垮了，把自己关在卧室里三天三夜，吃不下饭，也睡不着觉。

我，谢宝舒，南川一中的尖子，父母和老师的骄傲，内心也充满自信，然而最后这一切沦为了最滑稽的笑柄。我不知道今后漫长的五六十年里，该怎么面对这一切。

过了三天生不如死的日子，我终于肯到客厅吃饭，父母放心了一点儿，小心地问我什么复读还是上二本的事。我听着心烦，说让我再想想。然后我就说要出去散步，离开了家。下了楼，突然听到父母在阳台上叫我，我不管不顾，一个箭步冲出了大门。

我到处闲走，走到了一座高层建筑楼下，谁知刚走进单元门，居然看到沙老师、老朱和其他几个同学说说笑笑下楼来，我忙躲在楼梯后面。从他们片段的谈话中，我才知道沙老师的家住在这里，几个考上好大学的尖子生相约来这里拜访沙老师。我本来应该毫无疑问是其中的一员，现在却只能躲在黑暗中，目送他们离去。

我又乱走了一阵子，我一抬头，居然发现自己到了星光书店门口，我五味杂陈，这个书店开启了无数新世界的大门，却也毁了我的一生……

我不想进去，不过老伯在里面看到了我，出来招呼，"小谢，好久没看到你了，最近到了好几本新书，都给你留着呢，快进来看看！"

我出于惯性走了进去，老伯拿出一本新到的《科幻世界》说："这期有何宏伟的《异域》，故事很有意思，你不是很喜欢他的作品吗？这期肯定不能错过了。"

我木然接过杂志，机械地翻了几下，目光散乱，根本没看清上面写得是什么，只觉得视线渐渐模糊。

老伯并没有觉察到我的异样，还继续说："对对！差点儿忘了，你是上月高考吧？上一期不是讲记忆移植的吗？高考题听说就是这个，真是太巧了！你一定考得不错吧？"

听到这句话，我的眼泪忍不住夺眶而出，划过脸颊，我急忙扭过头。

"小谢，你怎么了？"老伯终于发现了我的不对劲，抓住我的肩膀问。

我并逃不脱，再也无法控制自己，号啕大哭起来。

"这是怎么了，有话好好说啊……"

我的痛哭却停不下来，即便用眼角的余光看到店里的小姑娘在一旁惊讶地望着我，也无法抑制多少天来强压下去的痛苦。我一边哭，一边诉说，连我自己也不知道在说什么。

过了很久，我的哭声渐止。老伯也大致了解了情况，给我擦去眼泪，安慰我说："没事的，你还小，这只是人生中的小风浪。十几年前，我曾经遇到过比这还大很多的打击，现在也都过来了……"

我苦笑了一下，这种空洞的安慰对我有什么用，我就不该来这里丢人。

"谢谢，我走了。"我低声说，扭头就要出门。

"等等！"老伯在后面叫住我。我回头看他，他像下定了决心似的说："关于你的未来，也许我可以帮到你……"

"你帮我？"我诧异地问。很多小说电影的情节在我脑海浮现，难道他是隐居的亿万富翁，还是什么秘密特工机构的负责人？

"你先进来。"他对我招手。

我跟着老伯走进了内室，那里有我曾经偷看过的一书架科幻珍藏。不过再里面还有一个楼梯，我跟着他上楼，楼上有两个门半开的卧室，应该是他和他女儿的。然而最里面还有一个房间，里面摆着一张大桌子，桌上放了一部当时还挺稀罕的电脑，应该是自己配置的。电脑边放着好几本全英文的书籍以及许多写满公式和画着奇怪图案的稿纸，角落里有一张车床，上面有锤子、螺丝刀、卷尺等大小工具，还有许多古怪的金属零件、芯片和各色线缆，我认出来了一个盖革计数器。

最醒目的是在房间正中间的一个黑色箱子，至少两米长，一米多宽，看质地应该是铁的。它看上去就像是一个妖异的黑洞，吸收着周围的一切。

我回头惊讶地看着老伯。

"这是'梦之箱'，"他郑重地告诉我，"能够帮助一个人实现自己的梦。"

"伯伯你别拿我开心了。"我无奈摇头。

他反问我："薛定谔的猫你知道吗？"

作为铁杆科幻迷，我当然知道：薛定谔的猫就是把一只可怜的猫放在一个箱子里，因为某个量子状态的坍缩，通过一个特殊的机关来决定是否放出毒气，亦即决定猫的生死，而坍缩必须通过观测进行。所以在打开箱子观测前，这只猫处于生死叠加态。但这和梦想有什么关系？

"难道进了那个箱子，我就成了薛定谔的猫吗？"我没好气地问，越来越感觉这是一个恶作剧。

"不，完全相反，是整个世界成了薛定谔的猫！"他说，两眼放出奇异的光彩。

老伯告诉我他的基本思路，其实并不复杂：箱子的意义在于将这个世界分成两部分，一边是猫、毒气装置以及一部分空气，另一边是整个地球和宇宙。里面外面并不重要，比如说把观测者关进箱子，而把猫和毒气装置放在外面，那么当观测者进入箱子之后，猫仍然处于量子叠加态，甚至可以说，整个世界对他都处于量子叠加态。

把猫替换成其他量子态相关事件也是同样的。老伯说，意识本身是量子态的，这导致一切人类行为本质上都呈波函数发散。比如，如果观察者躲在箱子里，外面是两个剑客决斗，但听不到任何声音，那么在观察者打开箱子查看之前，两个剑客也同样是生死叠加的。

但其中有一个变数，即观察者自身的意识，本质上量子态的坍缩就是通过意识来进行。所以如果观察者在箱子中已经通过自己的意识"选择"了某个坍缩结果，那么在他打开箱子之前，这个结果就已经确定了。

我听得疑窦丛生，不禁质疑起来："这好像是沈星光小说的设定，不过破绽百出啊，比如我买彩票，只要在箱子里许愿说能中奖就能中奖了？"

"当然并不是你想要选择什么就选择什么！"老伯瞪了我一眼，"关键在于，意识本身就是神经元组织微管的一种量子态作用……"

我想起来了，他引用的是罗杰·彭罗斯《皇帝新脑》中的意识理论。

这本书我去年看过，看得云山雾罩，但我知道这并不是胡思乱想，不觉稍微有点儿动容。

老伯说，他已经研究过多年，发现意识并不是单纯的量子叠加态，也不是坍缩后的结果，而就是这个过程本身，它在不断地坍缩中，又在不断地发散。梦境是其中一种特殊的形式。梦中的世界光怪陆离，实际上是意识最原始的状态，不同的量子态纠缠在一起，飘忽不确定。当然在梦中已经有一些不同的坍缩态，但是还没有发生退相干，常常有"梦是反的"这样一个说法，因为当人醒来的时候就开始了反向坍缩，在梦中最后记住的东西，恰恰是不同世界退相干之后的一个残影……

但是他发明了一种特殊的装置。这东西的设计非常巧妙，它能够通过脑电波，读取人在某种特殊状态下的梦幻，并给人以某种大脑刺激，让人在某个恰当时候醒来，这样一来，就可以让现实坍缩到这种可能性所在的未来。

我仍然不怎么信："还是不对吧……薛定谔的猫是生是死，是现在发生的，但未来的事情，比如说十年后我会不会变成百万富翁，是十年后的事，怎么能现在就决定？"

老伯摇了摇头："你错了，记得《你一生的故事》吗？"

我恍然有所悟。特德·姜的《你一生的故事》发表于一九九七年，当时尚没有中文版，老伯去年在英文网站看到了这个故事，还特意复述给我听。故事表面上是说人类和外星人的接触，但内核是讨论宇宙的超时间存在。老伯的意思是：事物本身中压根儿没有线性时间，当意识坍缩到某种可能性的宇宙之后，哪怕是一百年以后发生的事，这条路径也在当下全部决定了，过去、现在与未来是一体的。

我将信将疑："即便能有这种机器，那得多高精尖啊，这个小作坊能搞出来吗？"

"事实上最高精尖的机器就是人大脑所产生的意识，它可以完成多少不可思议的事啊，你听说过量子自杀吗？”

我点点头，我的确在一本讲量子力学的书上看到过这个古怪理论：因为人的意识能够自我观察，所以它的自观察总会在量子事件中选择生存下来，也就是说，如果人是薛定谔的那只猫，那么人的自我观察就会导致人在自己的宇宙里永远也不会死去。

“其实量子自杀正是意识自我选择的一种效应，这个箱子的装置只是利用了意识的特性，并将其放大而已。”

我越来越相信了，薛定谔之猫的箱子也并不需要造原子弹的工艺才能造出来。我盯着这个黑沉沉的箱子，渴望着改变已决定的命运……

“不管怎么讲，你可以试试。”老伯狡黠地一笑，“吃一枚药，然后躺在箱子里就行，敢不敢？”

我犹豫了一下，觉得有点儿不靠谱，但又马上觉得自己可笑：我连死都不怕，还怕一个破箱子吗？

他递给我一枚胶囊和水，我一口服下，毅然迈进箱子。

箱子里面容身的空间只有一半，非常狭窄，另一半被一个硕大的黑色模块占据，从里面伸出几根线，连接着一个头盔，我只能戴着头盔，蜷缩身子躺着。

老伯叮咛我说：“你只要默念自己未来想要的事情，然后放松精神，这种药能让你的意识发散，进入梦境中的量子态，然后箱子就可以帮你选择未来了。”

“明白，不过……我不会憋死在里面吧？”我有点儿担心。

“留有缝隙的，但不影响观测。”他说。

就这样，在那个诡异的命运之夜，我诡异地躺在棺材一样冰冷的铁箱底部，看着头顶黑暗压了上来。一片漆黑中有一个小小的红灯闪烁着，我盯着它，想着自己未来想要做什么，但忽然间进入这诡异的地方，千头万绪一时也想不清楚，慢慢地，那个红灯像一滴红墨水一样发散开来，幻化成千变万化的形状……

我做梦了。

9

我呆呆地坐着，回忆的潮水一遍遍冲击着脆弱的现实。眼前的一切如化为概率云般恍惚迷离。

"想起来了吗？"沈淇说，"当你醒来的时候，你嘟嘟囔囔地说什么'我上了燕大'，我爸问你还梦见了什么，你说什么'我在《科幻世界》发表小说了，还得了银河奖'……"

我惘然摇头，根本记不起来当时梦见了什么，又说了什么。因为被强制唤醒，当时药效没全过，我根本就意识不清，只是约略记得后面的事：我从箱子里出来，老伯让我在他的床上休息一会儿，我躺上去竟又睡着了，前几天根本没怎么睡觉，我再也撑不住了。

第二天大清早，我还没醒，我爸妈和沙老师他们冲了进来，围着我又哭又笑。他们见我一直没回家急得不得了，马上联系所有人全城大搜，甚至报了警，闹腾了一夜终于找到了这里。

我被他们带回了家，看到父母老泪纵横，我也心生悔意，跟他们说自己不会再这样了。后来，我们家再也没人提这件事，就像从来没发生过。我在心底也深深为之羞愧，所以后来我根本不愿去想它，让自己相信这一切都没有发生过。

"我都不记得了……"我说，心中却想，难道我当时真的超越了时空的限制，梦见和选择了自己的未来？这十八年来的一切，都是在那个诡异如梦的夜晚被决定的吗？进一步想，这十八年来，我的人生是真实的，还是梦境的一部分？会不会我至今仍然在那个黑漆漆的箱子里，仍然在做那个漫长无涯的梦？就像那个"黄粱一梦"的传说一样，梦醒的时候，边上煮的黄粱饭还没有熟……

"可我记得。"沈淇把我拉回到现实，或者这个至少像是现实的世界，"我在门口看得很清楚……虽然你们说的很多东西我都听不懂，但我知道，那个箱子可以实现我的梦想，让我去日本当漫画家……所以当天夜里，我偷偷地依样画葫芦地吃了胶囊，躺进了箱子里。其实我也不记得自己做了什么梦，但记得一点，我在睡去前，心里一直在想'要是他没法管我，就好了，我就可以去日本了'……"

我又栗然，终于明白了沈淇得知我成为科幻作家后的震惊和恐惧。如果"梦之箱"能够令我的梦想成真，那么对沈淇也是一样，也许在这个意义上，她的确杀了她的父亲……

"一个月以后……"她颤声说，"我爸真的就……虽然是我一直想的事，可是事到临头，我……我才知道自己有多幼稚……我跟自己说，一定是巧合，一定是巧合，怎么会有这种事？就这样，说着说着，我慢慢也说服了自己，后来我妈回来找我，我卖了房子，和她去了日本，再后来又发生了很多事……在日本我……我很后悔……我想爸爸……我一直很想他……那时候我太不懂事……"一串串泪水从她眼角滚落。

她擦了把眼泪，稍微平静后才继续说："后来我慢慢长大以后，也的确不再想这些了，因为这不可能是真的，这不可能……我甚至让自己忘了那一年的事，忘了我曾经恨过爸爸。我跟自己说，他就是一个走火入魔的写科幻的老神经病，害了自己也害了我。直到上个月，我知道你写科幻，还真得了那个银河奖，这说明那个箱子真的是有魔力的啊！那些事情都在我心里翻上来了……整整一个月，我不喝醉都睡不着觉……我害怕极了……我到底干了什么啊……呜呜……"

她终于崩溃了，趴在茶几上痛哭起来。

我想安慰她几句，却不知从何说起，我自己都还在极度震惊中。我在回顾着自己过去的人生，的确充满了许多的巧合。比如中关村文理学院和燕大合并，我一个普通二本生，一夜之间成为中国最顶尖学府的天之骄子。比如多年后，我在国外写了一本狗尾续貂的同人小说，因缘际会在网上传播开来，因此有机会在《科幻世界》上发表……难道都是在那个箱子里某个古怪梦境的结果？

"对了，"我想到一件事，问沈淇，"沈伯伯是怎么去世的？"

沈淇慢慢停止了啜泣，抬头说："他是死在箱子里的。"

"啊?！"我没想到沈星光的死也和那箱子有关。

"可能是某次调试，我不知道，他从外面的高压电线上私自接了一根线到箱子上，然后他像我们一样躺进去，但是不知怎么就出事了。当时我在学校里，回家找不到他，到了他房间才发现不对……他还躺在箱子里，但已经触电身亡了……那天半个县城都因此断电了……"

"那警察怎么说的？"我问，这种离奇的死法警察应该会调查吧？

"我告诉了他们这个'梦之箱'的事，当然那些具体的原理我也搞不清楚，警察也没当一回事，在他们看来，作家都是半个神经病，何况是写科幻的。一个神经搭错的人想搞一点儿发明创造，结果玩砸了。一个警察跟我说，其实这种事并不像我们以为的那么少见，本地区每年都有好几起……"

我安慰她说："可能的确像警察说的那样是巧合呢，其实你爸的事是他自己不小心，和你没什么关系……"

"但也许这就是我选择的未来。"她凄然低头。

我无言以对。的确，无论是我写科幻小说还是她父亲的死，所发生的一切表面上都有合理的因果链条，然而这并不能说明如今的结果只是巧合。因为每一种未来在波函数的发散中都存在，每一种未来本身的概率都是很小的。那箱子的作用，就在于令里面的人所渴望的未来坍缩为现实。

但它真有这样的功效吗？看来只有找到那个箱子，才可能知道答案……

"那个箱子还在吗？"

"我要跟你说的就是这个，"沈淇收拾了一下心情，抬头说，"我们要把那个箱子给找回来！"

"找回来？"

"我要它再为我实现一个梦想，"她毅然说，"我要爸爸活过来，它能让我爸爸离开，就能让爸爸回来，对吧？"

我感到怀疑，明显违背自然规律的事物也是能选择的未来吗？但看到沈淇渴盼的样子，又不便提出异议。

沈淇告诉我，沈星光去世后，那个箱子被警方拉走，当证物保管了一段时间，后来觉得没什么好查的，又发还给她。沈淇当然一点儿不想要这个害死了父亲的不祥之物，一看到就浑身难受，不过它毕竟是父亲一辈子的心血，也不忍心随便扔给废品收购站。最后她想到一个办法，把房间里的所有图纸和手稿，都塞进了这个箱子，然后去劳务市场找了几个人，在箱子上包裹了好几层塑料布，用车连夜拉到南川河下游，沉进了河里。

"我记得当时是在玉带桥中间扔下去的，应该比较好找。"她说。

我们稍微收拾了一下，一起去了玉带桥。不过到了那里，我就知道没戏了，和南川河其他段一样，这里的整条河道都已拓宽，连堤岸也是新修的，应该已进行了全面的疏浚治理。沈淇大概以为扔在河里就跟张献忠的沉银一样过了几百年还能捞上来，实在太天真了。

不过我们还是进行了一点儿尝试，找来附近的渔民，许以重利，让他们在相应位置下水摸了一番，他们有些是职业捞尸的，经验十分老到，那么大的箱子如果还在那里，不会摸不到。

就这样找了三天，什么都没发现。沈淇站在桥头，还在不甘地跟我探讨其他的可能性，比如说被河水冲到下游或者埋在淤泥深处。我不得不告诉她："算了，别说后来疏通河道的时候肯定会被清走，其实很可能第二天就没了。"

"怎么会？"

"这么大一口铁箱，你这么郑重其事找人沉到河里，那些人肯定以为里面有什么宝贝，可能你一走，他们就又找船拖上来了，要是我就这么干。哪怕发现不了什么，也会转手当废铁卖了，哪里还能留下来。"

"说的也是……我真是个……"

沈淇苦笑着说，望着南川河上翻卷的波纹，身子晃了晃，支撑不住地扶住栏杆。她这几天把虚无缥缈的希望寄托在这口箱子上，但梦想终究会破碎。她慢慢蹲下，我以为她又要号啕大哭，但她深呼吸了几口气，终于站起来，头也不回地走了。

我们各自定了第二天回去的机票，离别在即，当天晚上我又陪沈淇去了那家"竹林酒吧"。沈淇酒过三巡，叹息说："你说我怎么就那么蠢呢？如果说我爸真发明了那种宝贝，能让人实现内心的愿望，他就是比爱因斯坦还伟大的科学家，我到底干了什么啊……"

我也喝下了几杯红酒，带着醉意说："你也别自怨自艾了，我才笨，真有这种宝箱，我怎么不许个愿成世界首富呢？或者成为曲华这样的大作家呢？就算要写科幻，咋不许愿得个雨果奖呢，那一辈子就啥都不愁了……怎么就成了这么个三流写手……"

"还雨果奖呢，"沈淇嘻嘻笑着，"你编的故事不行，特直男癌，好多我根本看不下去……"

我想反击说她的漫画也是靠美女漫画家这个噱头，但没说出口，"算了，也许你说得对，我根本不适合干这行，都怪你爸，二十年前骗我上了贼船。你爸也是，写什么科幻呢，一辈子写得也不咋的……"

"不许说我爸！"沈淇醉醺醺地说，"当心我打你……"

"拉倒吧，你爸写的是不行，我看过他后来投给《科幻世界》的稿子，都什么乱七八糟的……江郎才尽啊……江郎……"

我突然想到什么，呆在了那里。

"你胡说八道，你——"沈淇正在骂，看我异样，问，"你怎么了？"

"稿子，"我喃喃说，"那篇稿子——"

我酒醒了八分，打开手机，调出前几天吴老师发给我的几张照片，"箱子本身不重要，重要的是原理和图纸。"

"可我也都扔了啊……"

"对，但是可能有一份保留了下来……"我给她看手机上的《梦旅人》手稿的照片，"这篇小说可能就是唯一的线索！"

沈淇也清醒了几分："小说原稿在哪里？"

"应该在《科幻世界》，"我说，"但不知道找得到找不到……"

"我们去《科幻世界》！"沈淇毅然说。

10

这件事后来的发展，因为惊动了一些人，可能不少朋友也知道。沈淇和我一起改机票去了成都，以沈星光女儿的身份拜访了《科幻世界》编辑部，又去找了已经退休的杨潇老师，兜了一大圈，最后从一个尘封已久的档案袋里找到了《梦旅人》完整的稿件。

沈淇看着满纸的数学公式和外文符号，一边高兴一边也傻了眼，这内容压根儿就看不懂。她问我是什么意思，可我的理科功底也难以理解。

"交给我吧，我来想想办法。"最后我说。

作为科幻作家，我总算认识几个搞科研的朋友。我用微信把手稿的技术部分发给了三个物理学家和一个生物学家，请他们帮我看看是否靠谱。

生物学的部分还好，主要是其中一种药的成分，其功能是让人在舒缓的情绪下产生一系列幻觉。我的生物学家朋友并不是特别了解，又去问了药理学的专家，结果答案是，这个药的成分是虚构的，但是用一些违禁药物有可能达到这样的效果，技术上难度不大。那次沈星光给我们吃的胶囊的确有这个功效，也不知他从哪里弄来的。

物理学方面问题就比较多了。一位在剑桥得到物理学博士的朋友，我发过去五分钟后就回复："典型的民科，讨论这个是浪费时间。"

另一位朋友说话客气点儿，但意思差不多："写得太高深了，大概杨振宁才看得懂，惭愧帮不上你。"

第三位学者是著名的理论物理学家林淼教授。他对科幻很感兴趣，我在一次活动中有幸认识了他，大胆发过去。他很长时间内都没有回复。我想人家可能根本不屑回这种莫名其妙的东西，还为打扰他感到很不好意思。

谁料过了半个月，林淼突然给我回了很长的内容：大意是，这个猜想很有意思，作者也的确精研过相关的量子物理理论，有些地方他看不懂，不好下定论，不过其中有一些明显的疏漏，还有一处计算错误，他在稿子的打印稿上都一一标了出来。

我问他，且不论细节，大体而言这种机器是否可能造出来？他说，理论上不能完全否定，不过其中有一处难以跨越的障碍——能量。

他解释说，量子不确定性是可以从数学上描述的，波函数的模的平方，就是某个粒子在某处出现的概率密度。虽然电子云理论上可以在宇宙中任何地方，但你测量一百万次，基本上也只能在原子核附近某些位置，要让电子在别的地方被发现就需要注入能量。所以选择概率越小的未来就要耗费越大的能量，根据他的计算，选择越精确，能量也呈指数级增长。比如要成为有钱人，大概需要太阳级的能量输出；而要成为世界首富，可能需要整个银河系的能量输出；如果要让死人复活之类的可能出现，就要让亿万个原子以完全反常识的方式重组起来，一百亿个宇宙的能量都不够……其实，哪怕是最简单的选择也是目前人类的能量利用功率根本达不到的。所以造出这样的机器也没意义。不过他最后说，作为一篇科幻小说，这种科学设定倒是够用了。

林淼教授的说法看上去很翔实可信。事实上，我所困惑的问题也得到了解答，心想事成需要巨大得不可思议的能量，因此"梦之箱"的确是有限制的。但是否做不到呢？这不一定。从日期看，沈星光的那次投稿是在一九九五年，而造出"梦之箱"是一九九九年，我最后一次去星光书店时，这箱子应该刚造好不久，中间差了四年，有没有可能沈星光在这四年里理顺了理论问题，并且以天才的方式改进了技术？也许最终启动箱子不再需要那么大的能量，用普通的电源就可以？

可能对于沈星光来说，最后一次投稿石沉大海以后，他感觉自己的作品还是有缺陷，于是下定决心要真正实现这篇小说中的技术，证明自己。这真是一个科幻作家最高的野心！让科幻变成现实，然而最终却是这样的可悲结局……

另外很有意思的一点是，《梦旅人》的最后一部分和《人生梦幻曲》不一样。在《人生梦幻曲》中，科学家死去了，但《梦旅人》却是一个开放式结尾。反派围攻了科学家的实验室，要夺取"梦之箱"。科学家最后抱着年幼的女儿躲进了箱子里，他要选择一个未来，一个他们都能获得幸福的未来，虽然这机会太过渺茫，但他总要试一试……故事就在这里戛然而止了。

这让我想到一个问题，为什么沈星光最后死在了梦之箱里？毫无疑问，他有一个梦想要实现，但那个梦想是什么呢？他之所以在事故中丧生，是因为接入了高压电源，也就是说，他追求的是一个和小说中一样渺茫，需要极其强大的能源才能实现的未来，那个未来是什么呢？

我很久都想不出答案。

后来，我经过反复思索，把几位物理学家，特别是林淼的回复经过筛选后，截图发给了沈淇。这些话语斩钉截铁地证明了"梦之箱"只是一个似是而非的空想，绝对没有实现的可能，即便造出来了某种实物，也不会起作用，而沈星光之死，更是和沈淇没有任何关系。我想也许这样，才能让沈淇从"弑父"的罪恶感中解脱出来。

林淼教授的权威终于让沈淇相信了这个解释。她向我郑重道谢，后来我们联系渐疏，很快也就断了，大家都回到了日常生活中，在这凡庸世界追逐着各自世俗的虚名浮利。

不过这件事最近还有一点儿余波。

前几天，沈淇突然给我发了一条微信，问我的地址，说要寄书给我。我想可能是她的新书，也没太在意，就道了声谢，告诉了她地址。谁知第三天，我收到了来自南川的一个快递包裹。怎么会在南川呢？我有点儿诧异地打开，竟然发现是一本用塑料膜仔细包好的《科学文艺》，蔚蓝色的封面，上有火箭和原子的简约美术图案。下方写明这是一九七九年第一期，正是《科幻世界》整四十年前的创刊号。这是本很珍贵的刊物，据我所知，许多科幻爱好者遍寻难觅。怎么会寄给我呢？

我好奇地翻开书，一张夹在里面的照片落了下来。我捡起来一看，照片上是一个装修一新的店面，门口挂着一块招牌，上书"星光书店"四个字。我吃了一惊，仔细端详店面门窗，发现宛然就是当年的星光书店，后来的竹林酒吧！但这装潢虽然有当年书店的影子，却又显然不是二十世纪九十年代的样子，门口还贴着《流浪地球》的电影海报，显然是刚拍下来的。

我把照片翻过来，看到上面有几行娟秀小字：

宝舒：

看到照片吃惊吧？我已经回南川半年了，把我家的房子又买了回来，尽量改回以前的样子，一楼当书店，二楼就做我的工作室。书店的主题半是科幻，半是漫画，你说我爸要是知道，不知道会开心还是生气呢？

当年我卖房子的时候，大部分书都处理掉了。不过我爸在里间有一架的特别收藏，我没舍得卖，装在箱子里，跟我一起到了日本。这些年我也从来没打开过，可能是我不想面对我爸的过去吧。不过现在这些书已经重新陈列在店里了，当然，是非卖品。

我整理的时候意外地发现了这本杂志，它应该是属于你的，所以快递给你，你看了就明白了。

写科幻还顺利吗？要是哪天写累了想改行，就来我店里当伙计吧——开玩笑啦，不过的确希望有一天你能回南川来看看，也帮我规划一下，科幻我实在是不懂呢。

祝好！

沈宇

我放下照片，心潮起伏了一会儿，翻开杂志，看到微微发黄的目录页。这一期名家云集，有郑文光的《"白蚂蚁"和永动机》，叶永烈的《谁的脚印》，童恩正和沈寂的电影剧本《珊瑚岛上的死光》（第二年它就被拍成了中国第一部科幻片），刘兴诗的科学诗……当然，还有沈星光那篇《一亿年前的星光》。

目录上还有各种笔迹的签名，大部分的作者，郑文光、叶永烈、童恩正、刘兴诗……沈星光都签了名，估计是某次科幻会议时，沈星光收集来的签名。对任何一个中国科幻迷来说，这本杂志简直是价值连城。

在签名的下面，竟然还有一行字"宝舒：爱上这科幻世界吧"，没有署名，但显然是沈星光写的。

原来这是沈伯伯打算送给我的礼物？可为什么我从来不知道？

我看着那十个字，渐渐想明白了，这应当是一九九九年，我高考失利之后沈伯伯写的，他想送给我这本杂志，希望这件珍贵的礼物能够抚慰我的伤口。可是谁想到，他还没来得及送出去就……

泪水渐渐模糊了我的视野，我哭了起来，直到泣不成声。当年知道沈星光的死我都没有太伤心，因为那是早已过去的事。但此刻我才深切感受到那遥远岁月中我曾经燃烧的热情，以及与一位前辈之间历久弥新、无法磨灭的羁绊。

我擦去泪水，端详着那句话，又发现道理并不太通，我当时早已经是一个铁杆的科幻迷，对《科幻世界》的方方面面如数家珍，又何来爱上《科幻世界》一说呢？这话说给沈淇还差不多，但明明又是送给我的……科幻世界……科幻世界……不应该没有书名号啊……

忽然间，我醍醐灌顶，明白了沈星光的深意。

这科幻世界，并不是一本杂志，也不是远离现实的幻想王国，它就是这个世界，现实存在的世界。

这残酷、无常而又平淡无奇的现实世界，归根到底是浩渺宇宙中的尘埃，是量子之海上的涟漪，是高维空间的投影……无穷无尽的科幻秘境早已渗透现实，改变现实，塑造了现实。只是我们习焉不察。但沈星光在一年年对"梦之箱"的钻研思考中，看到了这世界深渊的本质。世界从未一劳永逸地坍缩成某种现实，而是一直在我们的梦想与选择中真切地弥散。惚兮恍兮，其中有象；恍兮惚兮，其中有物。

这就是沈星光给我上的最后一课：对科幻的爱不是逃避现实，它归根到底是对现实中所蕴含着的无限可能的追寻，是与这充满奇妙可能的世界签订的爱的契约。

我福至心灵，拨通了沈淇的电话："听我说，我知道沈伯伯最后在那箱子里要做什么了。"

"什么？"

"他想要打开的是科幻世界！就是世界内在维度所蕴含的各种科幻的可能，让科幻的种种可能性从世界的深层释放出来。甚至可能他已经成功了！根据多世界理论，也许最后一次实验，他开启了另一个世界分支，生活在一个平行宇宙里，也许在那个世界他已经登陆火星，或者建立了无限的虚拟实在，也许他和你一起航向时空尽头……但即便是这个世界，可能也是他的选择所开辟的。我们已经生活在一个科幻世界里，也许所有的平行宇宙最后都会交汇！也许他会穿越世界的壁垒回来！我们会再次相见的！"

"我不明白，但是……"沈淇期待地问，"你是说……爸爸真的会回来吗？"

"在这个科幻世界，一切都可能发生。"我说，嘴角浮起一丝微笑。

放下电话，我的内心被久违了的表达欲望所充满。我已经很久没有像今天这样渴望写作了，因为我已忘记了写作的本质。作为科幻作者，我们所拥有的，正是简单版本的"梦之箱"，我们写的不是虚构故事，而是这个世界所蕴含的深层可能。当我们写下它，就是让一个又一个可能性坍缩成现实，去创造现实，去实现梦想……写吧，写吧。

我深吸了一口气，打开电脑文档，输入一行标题：

我们的科幻世界——